데이트가 피곤해
결혼했더니

김수정 에세이

김수정 에세이

데이트가 피곤해 결혼했더니

마인드빌딩

차례

1부. 30대, 맛집 탐방이 피곤한 나이

2부. 드레스만 잘 고르면 되는 거 아니었나요

3부. 나도 내 신혼이 이럴 줄은 몰랐어

4부. 먹고사니즘의 문제

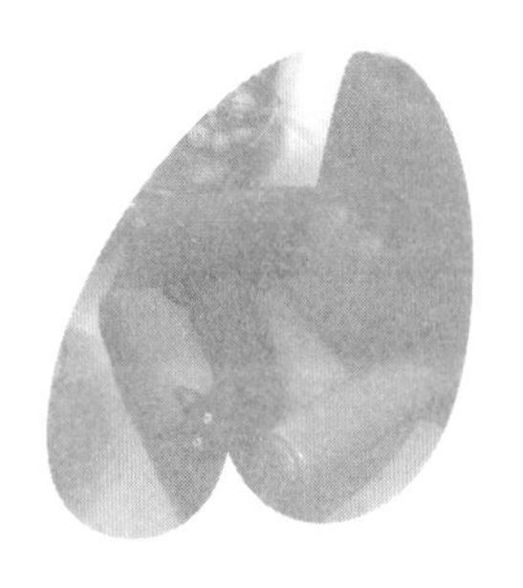

5부. 친정집 냄새가 그리워

에필로그

신혼,
심장 초음파를 찍은 이유

남은 시간은 단 두 시간. 퇴근한 남편이 집에 돌아오기 전까지 내게 허락된 자유 시간이다. 밥도 안쳐야 하고, 반찬도 만들어야 하지만 일단 노트북부터 켜본다. 뭐라도 쓰지 않으면 속이 새까맣게 타들어 갈 것 같기 때문이다. 가슴 한구석이 답답하다. 심장이 찌릿하고 두근거리는 통에 심장 초음파까지 찍어봤지만 이게 다 갑자기 불어난 몸무게 때문이라는 소리만 듣고 돌아왔다.

누군가 내게 살면서 가장 잘한 일이 뭐냐고 물어보면 1초의 망설임 없이 결혼이라고, 세상에서 가장 고맙고 사랑스러운 존재는 남편이라고 자신 있게 말할 수 있다. 그러면서도 한편으로는 왠지 모르게 찝찝하다. 마음 저 깊은 곳에 우두커니 숨은 무언가가 계속 날 찌른다. 대체 이놈의 정체는 무엇일까.

이 책은 스스로 던진 물음표를 좇는 과정을 담았다. 택배 뜯다가 가출하고, 싱크대 앞에서 친정엄마가 떠올라 대성통곡했던 나날들. 어떤 날은 눈만 마주쳐도 좋은 남편이 왜 어떤 날은 김치 씹는 소리조차 싫은지. 깨소금 향기가 폴폴 나도 모자랄 신혼생활에 이따금 밥 타는 냄새 같은 순간이 들이닥칠 땐 도대체 어떻게 해야 하는지. 결혼하고 나서야 알게 된 마음들을 고스란히 나눠보고자 한다.

하루에 최소 한 번 이상 가슴을 스치는 문장이 있다.

"수정아, 결혼은 희로애락이 짙어지는 일이야."

정곡을 찌르는 한마디다. 아침에 눈을 떴을 때, 저녁 밥상을 치울 때, 심지어는 화장실에 앉아 볼일을 볼 때도 내 정수리를 사정없이 내리치는 한마디. 신혼 선배인 친구 H가 건넨 편지 속 한 구절이다. 맞다. 기쁜데 슬프고, 부아가 치밀면서도 더없이 사랑스러운 게 신혼이다. 결혼 앞에서는 행복도 슬픔도 분노도 즐거움도 모두 곱절이 된다.

이 궤도를 알 수 없는 감정의 롤러코스터는 우리 신혼인(이라고 대충 불러보자) 모두가 처음 겪는 일. 그래서 더 힘들다. 어쩌면 이 책의 끝엔 H의 명언에 담긴 깊은 뜻을 이해하고 실생활에 적용할 수 있는 획기적인 방법, 이 아닌 만만치 않은 신혼생활을 온전히 즐길 수 있는 실마리가 담겨 있지 않을까.

실마리를 향한 산뜻한 희망을 품으며 이야기를 시작해보려 한다. 신혼인, 예비 신혼인, 혹은 신혼생활은 너무 까마득해 기억이 미화된 신혼 졸업자 모두가 이 책을 즐겨주길 바란다. 데이트가 지겨워진 커플. 옆에 있는 이와 결혼해도 괜찮을지 머뭇거리는 사람들. 혹은 결혼에 뜻은 없지만 모호한 관계 속에서 외로워하는 이들에게도 적잖은 위안이 되길 바라본다. 나 또한 한동안은 그랬기에. 누가 되었든, 문득 생각나 한 번씩 펼

쳐보곤 담백한 위로와 여유를 얻을 수 있는 책이라면 더할 나위 없이 좋겠다.

그리고 이 힘겨운 과정을 거쳐 어른의 삶을 무려 40년 넘게 버텨오고 있는 우리 엄마. 우리 엄마에게 이 글을 바친다.

1부.

30대, 맛집 탐방이 피곤한 나이

연예인 많이 봐요?

소개팅과 각종 모임, 심지어는 일가친척들에게도 가장 많이 듣는 질문, "연예인 많이 봐요?" 공대 출신이 "컴퓨터 잘 고쳐요?", 문창과 출신이 "소설 잘 써요?"라는 질문을 듣는 것과 비슷한 일이려나. 여하튼 연예계에 기자라는 명함을 들고 한 발 걸치면서부터 귀에 딱지가 박히도록 들은 이야기다.

나는 이 질문을 받을 때마다 난감해진다. 연예인을 질리도록 많이 보긴 하는데 이걸 일주일에 몇 번이라고 정확한 수치로 대답해야 할지, 많이 보긴 하는데 연예인이 아니라 업계 관계자라고 말해도 될지. 종종 함께 술도 마시고 커피도 마시지만 그게 다 근무의 일환이라고 하면 젠체하는 것처럼 보이진 않을지.

너무 대수롭지 않게 답하면 호기심을 가득 담은 상대방의 눈빛에 찬물을 끼얹는 것 같아 마음이 복잡해진다. 연예인이 그냥 과장님, 부장님을 보는 것과 비슷한 느낌이라고 하면 안 될 것만 같은 기분. 하지만 내게 연예인은 오랫동안 팬심을 품은 사람이 아니고서야 그저 취재원 중 한 명일 뿐인데. 도무지 저 질문에 어떻게 답해야 하는지 기자를 그만두기 직전까지도 꽤 어려운 숙제처럼 받아들였다. 그래서 나는 누가 나한테 연예인에 관해 묻는 걸 극도로 싫어했다(겉으로 티는 못 냈지만).

연예인 많이 보냐는 것 다음으로 공식처럼 등장하는 질문이 있다.

"연예인 실물 누가 예뻐요? 누가 제일 잘생겼어요?"

연예인 많이 보냐는 궁금증에 비하면 이 질문은 난이도 하축에도 못 낀다. 실제로 봤을 때 가장 멋졌던 연예인을 대답하면 그만이니까.

"A 배우는 실물 보고 깜짝 놀랐어요. 마담 투소인 줄 알았다니까요. 모공이 하나도 없더라고요." "B 배우는 잘생겨봐야 얼마나 잘생겼을까 했는데 진짜 말도 못 하게 잘생겼더라고요. 옛날 연예인들이 진짜배기 미남이구나 싶었어요."

상대는 그제야 흥미를 갖고 놀라워한다. 기다렸던 대답이 나온 거다. 하지만 방심은 금물. 질문 3단계 끝판왕이 남았기 때문이다. 이 질문도 여지없이 공식처럼 등장한다.

"지라시 그 내용, 진짜예요?"

이쯤 되면 조금 짜증이 난다. 그냥 대충 대답하고 넘기면 되지 않냐고 할 수 있겠지만 이게 생각보다 그렇게 만만한 일이 아니다. "지라시 많이 몰라요"라고 답하면 각자 인터넷이나 지인들에게 접한 온갖 지라시 내용을 늘어놓기 시작한다.

"C 배우가 드라마 찍을 때 갑질해서 하차한 거라면서요." "사실은 이혼한 이유가 이러쿵저러쿵이라면서요."

그럼 난 또 속이 어지러워진다. 취재한 내용을 바탕으로 사실을 이야기해줘야 할지, 저 말도 안 되는 루머를 듣고만 있어야 할지. 괜히 이야기를 보탰다가 '내가 아는 기자한테 들었는데 그 소문 진짜래'라는 낭설의 진원지가 되고 싶지는 않은데. 심지어는 헤어진 남자친구로부터 "잘 지내? 실시간 검색어에 뜬 지라시, 진짜야?"라는 메시지를 받은 적도 있다. 차라리 '자니?'가 낫지 지라시 팩트체크가 웬 말이냐.

남편은 달랐다. 연예인 질문 3종 세트 가운데 단 하나도 물어보지 않았다. 내가 연예인을 많이 보는지, 실물은 누가 제일 예쁜지, 지라시는 사실인지 궁금해하지 않았다.

'어럽쇼, 요놈 봐라?!'

늘 겪던 패턴과 달라 흥미로웠다. 연예인 질문 3종 세트 대신, 남편은 본인이 만난 연예인 일화를 쏟아냈다. 브루노 마스가 어떻고, 레이디 가가가 어떻고. 미국 스튜디오에서 인턴 생활하며 만난 팝스타 에피소드를 마구마구 털어놨다.

'아뿔싸, 요놈 봐라?!'

나의 여러 유난스러운 구석 중 하나는 '아는 척 알레르기'이다. 척하지 않아도 자연스럽게 묻어 나오는 잘남을 동경한다. 말로 떠들지 않아도 대화 중에 뭉근하게 흘러나오는 지적인 향기를 추구한다. 논리 정연한 구조를 갖춘 아는 척이라면 예외. 이게 다 내가 잘나지 못해 생긴 유난스러움이다. 하지만 콩깍지에 씐 것인지 귀신에 씐 것인지. 나는 남편의 잘난 척이 마냥 귀엽기만 했다. 색다른 경험담과 지식을 민망해하지 않고 말할 수 있는 자신감에 마음이 끌렸다. 나는 죽었다 깨나도 못하는 일이라 그랬던 것 같다.

물론 콩깍지는 얼마 안 가 벗겨졌다. 남편의 아는 척 범주가 첫 데이트 때 털어놓은 소재에서 크게 벗어나지 않았기 때문이다. 심지어는 그마저도 종종 까먹는 남편이었다.

한번은 해외 출장 중 짐 자무쉬 감독을 보았다고 잔뜩 들떠 남편에게 메시지를 보냈더니, 한참 뒤 날아온 남편의 물음표 향연.

"어? 그게 누구야? 근데 자기 거기 몇 시야? 아까 먹은 케밥 무슨 맛이야?"

남편은 짐 자무쉬인지 뭔 무쉬인지보다 유럽 시차와 길거리 음식이 더 궁금했다.

"자기. 자기가 첫 데이트 날 〈커피와 담배〉가 네 인생 영화라고 한참 얘기했잖아."

"아, 그랬나? 그게 짐 자무쉬 영화야?"

이런 식이다. 처음엔 황당했는데 이젠 남편이 이럴 때마다 숨넘어가게 웃는 나다.

종종 남편에게 말한다.

"자기는 나처럼 까다로운 여자 말고, 작은 이야기에도 눈빛을 반짝이며 신기해하는 여자를 만났으면 더 행복했을 것 같아. 맞지? 자기도 그렇게 생각하지?"

그때마다 남편은 대화가 피곤하게 길어질 것을 예감하는지 이렇게 답한다.

"싫어. 난 그냥 자기가 좋아."

연예인 많이 보냐고 묻던 인연들은 각자 나름의 이상한 구석들이 있었다. 좋게 말해 이상한 구석이지 사실은 구린 면면들.

번지르르한 외면 뒤에 숨은 연민을 자아내는 어둠들. 세상엔, 이 세상엔 정말이지 다양한 유형의 사람들이 있다. 그건 대학 졸업장이나 직업, 말발로 구분할 수 있는 영역은 아닌 것 같다. 오로지 직접 겪어봐야, 기어이 흑역사를 만들고 나서야 체득할 수 있다. 많이 안다고 다 잘난 건 아니다. 아마도 나는 남편의 건강한 자신감과 자존감에 본능적으로 끌렸던 것 같다.

오빠랑 얘기하는 게 제일 재밌어

사랑에 있어 대화는 얼마큼 중요한 걸까. 우리는 대화를 통해 사랑하고 대화를 통해 화해한다. 살면서 수도 없이 내뱉은 "대화가 안 통해"라는 문장은 종종 관계의 단절로 이어지기도 하고, 마음에 차가운 바람을 불러일으키기도 한다. 그렇기에 '대화가 잘 통하는 사람'을 이상형으로 꼽는 이들이 많은 거겠지. 외향이나 취미 모든 면에서 내 스타일이 아닌 사람과 대화 쿵짝이 맞을 때, 나도 모르게 이성적 호감을 느꼈거나 이참에 어디 한번 호감을 느껴볼까 마음먹었던 경험, 다들 한 번쯤은 있을 거로 생각한다.

일단 난 대화의 주파수가 맞는 사람이라면 덮어놓고 좋아하는 편이다. 리드미컬한 대화를 나눌 수 있는 사람에게 무한 애정을 준다. 학창 시절 주변 평판이 좋지 않은데도 유독 나와는 잘 지내는 친구가 있었고, 반대로 주변 평판은 좋은데 유독 나하고만 사이가 먼 친구가 있었다. 모두 다 '대화의 주파수'가 맞냐, 안 맞냐 차이였다.

몇 해 전 가수 이효리가 방송에서 남편 이상순에게 이런 말을 한 적이 있다. "오빠랑 이야기하는 게 제일 재밌어. 오빠랑 이야기하려고 결혼했는데?" 이 말에 짐짓 심란해졌다. 이효리의 말에 '나도, 나도' 할 수 없어 쓸쓸했다. '잘 통화는 대화'에 그 누구보다 굵게 밑줄을 긋는 나지만, 이 남자와 이야기하려고 결혼하고 싶진 않았거든. 사실 난 남편과의 대화가 재밌어진 지 얼마 안 됐다. 아직도 남편과의 대화에서 재미를 찾기 위해 부단히 노력 중이다. 아마 남편도 그러하겠지만.

아직도 생생히 기억난다. 사귄 지 얼마 안 된 어느 여름날 동네 카페에서였다. 나는 아빠가 입원한 이야기를 한창 조잘거리고 있었다. 순간, 남편의 반응이 거슬렸다. 남편의 눈은 나를 향해 있었지만, 귀는 닫혀 있었다. 본인 이야기할 틈을 찾기 위해 뇌를 풀가동 중인 것을 눈빛을 통해 알 수 있었다.

"자기 지금 다른 생각하지. 네 얘기하려고 준비 중이지."

남편은 간밤 몰래 라면 끓여 먹다 들킨 사람의 표정으로 물었다.

"어? 어떻게 알았어?"

어떻게 알긴. 눈빛은 흔들리고 입은 꿈틀거리고 있는데 무얼. 남편이 하려던 이야기는 아버님께서는 보험 무용론자라는 것이었다. 내가 이야기하는 동안 '여자친구 아빠 다침→우리 아빠는?→우리 아빠는 보험 절대 가입 안 함' 이런 알고리즘을 머릿속으로 그린 거다.

지금도 남편은 내 말을 끝까지 잘 안 듣는다. 내 말이 끝나기도 전에 대답한다. 문제는 한국말은 끝까지 들어야 안다는 거다. 이를테면 이런 식이다. 내가 “오늘 저녁으로…”라고 운을 떼자마자 “오, 좋지”라고 말한다. 연애 초반엔 이게 죽도록 싫어서 남편이 말을 끊으면 “아냐, 됐어”라며 입을 닫곤 했다. 물론 지금이라고 좋은 건 아니지만.

한번은 남편의 절친과 셋이 만났다. 이 절친은 남편보다 천 배 정도 말이 더 많았다. 엄청난 양의 이야기를 단숨에 쏟아내고 있는데 이때도 남편이 친구의 말을 자꾸 끊는 거다. 이 친구는 남편이 말을 끊거나 말거나 제 이야기를 이어갔다. 리스펙트! 남편이나 남편 친구나 참 대단하다 느꼈다.

남편과 나는 대화의 주파수가 안 맞아도 너무 안 맞는다. 나의 개그가 어떤 포인트에서 웃어야 하는 건지 남편에게 설명하는 일이 잦다. 남편 역시 이 유튜브 영상이 얼마나 배꼽 잡게 웃긴 건지 내게 브리핑해주는 것이 일상이다. 뭐, 비단 유머뿐만이 아니더라도 대체로 안 맞고 전반적으로 엇박자다.

애써 노력하지 않아도 되는 자연스러운 대화가 좋다. 안타깝게도 나와 남편의 대화는 그렇지 않다. 남편은 아는지 모르겠지만 연애 시절 내가 발광하며 남편에게 싸움을 걸었던 날은 모두 대화가 유독 안 통했던 날이었다. 어쩌면 내가 다른 이보다 대화에 더 예민하게 반응하는지도 모르겠다. 어렸을 때부터 그랬다. 모두가 속는 친구의 거짓말을 귀신같이 눈치채곤 했다. 이야기를 듣고, 글로 쓰는 일이 직업이 되면서는 이 레이더가 더 예민해졌다. 화자가 은근하게 숨긴 날카로운 마음이나 질투 혹은 따뜻함 같은 것을 빨리 알아챘다.

남편을 만나기 전, 다 필요 없으니 착한 사람과 결혼하라고 거의 주문을 외우듯 신신당부하던 선배가 있었다. 한 모임에서 친해진 선배였는데, 우리가 이렇게 깔깔거리며 잘 지내는 것은 기껏해야 한 달에 몇 시간 보는 게 다라서 그런 것이라 했다. 이 모임에서 위트 있고 잘 통하는 사람도 한 이불 덮고 자는 사이가 되면 다 똑같아진다고. 자기 남편이 그러했다고. 원래 대화는 남편이 아닌 친구들이랑 할 때 더 재밌는 법이라고. 그러니 부디 다정하고 착한 사람을 만나라고. 그게 최고라고 말이다.

선배의 조언은 실로 유익했다. 지금의 남편을 만났으니 말이다. 대화는 애매하게 안 통하지만 다정하고 착한 사람. 남편을 동호회 같은 곳에서 만나 한 달에 고작 한두 번 만나는 사이였으면 대화가 잘 통한다고 착각했으려나. 온 신경을 서로의 대화에 집중했던 첫 만남을 떠올려보면 아예 가능성 없는 일도 아닌 듯하다.

신기한 건 결혼하고 우리만의 대화 카테고리가 신설되었다는 점이다. 친구, 가족, 그 누구도 이해할 수 없는 오직 둘만의 세상. 이 카테고리 안에서 우리 둘은 더할 나위 없이 완벽한 대화 메이트다. 둘만 아는 농담에 온 집안이 떠나가라 깍깍 웃고, 남들이 봤을 땐 영 시답잖은 일에 세상 진지하게 머리를 맞댄다. 둘만의 세상은 매일 조금씩 영역을 넓혀가는데, 나는 이게 곧 우리 부부의 역사라고 생각한다. 내가 남편의 언어를 이해하지 못하고, 남편 역시 내 언어를 이해하지 못한 수많은 날이 모여 이 세상을 일궜다.

그런데도 내 마음을 남편에게 다 전하지 못한 날이면 하염없이 헛헛해진다. 우리만의 세상에 편입되지 못한 나만의 세상. 남편에게 공감받고 싶지만 아직은 시간이 더 필요해 보이는 몇 가지 키워드들. 대화가 길을 잃거나 깊어지지 못할 때면 끝없이 아득해진다. 그럴 땐 이렇게 글을 쓰거나 내 마음은 나만이 100% 이해할 수 있는 것이라고 스스로 위안한다. 그러곤 다시 우리만의 세상에 풍덩 빠져 안락함을 잠시 즐기기로 한다. 남편이 이해 못 할 나만의 세상이 있는 것도 나름 괜찮은 일이라 생각하면서. 맞춰갈 여지를 조금은 남겨두는 일을 낭만이라 여기면서.

백수 남자친구가 체력 고갈에 끼치는 영향

남편과 나는 서른 살에 만났다. 당시 나는 5년 차 기자였고, 남편은 취업준비생이었다. 나는 주 6일 근무였고, 남편은 주 7일 휴일이었다. 바이오리듬이 맞을 리 만무했다. 그렇게 남편이 취업할 때까지 약 1년을 생체리듬 불협화음 속에서 고군분투했다.

점심 미팅이 끝날 무렵, 잠에서 깬 남편으로부터 메시지가 온다. 슬슬 데이트 약속을 잡아야 한다. 오늘 하루만큼은 쉬고 싶은 마음 반, 남편이 보고 싶은 마음 반이 교차한다. "피곤한데 오늘 쉴까?"라고 하면 남편에게선 보고 싶다고 답이 온다. 그렇지, 맞아, 피곤해도 보고 싶어. 봐야지.

주말에도 쉴 틈이 없다. 주말 당직 끝나고 데이트, 일주일 중 하루 쉬는 날에도 데이트. 발레와 필라테스를 배우러 다니던 평일 저녁엔 남편과 서울 구석구석 맛집을 돌아다니며 살을 찌우기 바빴다. 온전히 나를 위해 여유롭던 휴일은 그놈의 맛집, 그리고 카페 투어로 채워졌다. 그러고 보면 30대의 데이트란 참 재미없고 빤하다.

내 몸은 점점 망가져 갔다. 함께 있는 게 따뜻했고, 집 앞 헤어짐이 애달팠지만 피곤한 건 피곤한 거였다. 카페와 맛집의

뫼비우스 띠를 1년간 무한 반복하다 보니 한계가 오기 시작했다. 싸우는 날이 늘었다. 몸이 피곤하니 마음이 건조해졌다. 남편과 조금만 대화가 어긋나도 저 깊은 곳에서 화가 몰려왔다. 홀로 고요하게 머물 수 없는 주말이 서러웠다. 함께 있어도 혼자 있고 싶은 날이 많아졌다. 혹시 권태기인가? 사랑이 식은 건 아닌데. 그저 쉬고 싶을 뿐인데. 입병이 날 정도로 피곤해도 얼굴을 보고 데이트해야 하는 게 연애의 의무이자 증표였나. 난 텅 빈 시간 속에서 홀로 쉬고 싶을 뿐인데.

아마도 그즈음 헤어지자고 했던 것 같다. 남편이 직업이 없어서도, 내가 주머니 사정이 더 좋아서도 아니었다. 정말, 정말이지 너무나, 너무나 피곤했다. 데이트 안식월이 절실했다. 헤어짐이 답이라 생각했다. 데이트 블랙홀에 빠져 모든 것이 엉망이 되기 일보 직전이었다. 몸과 마음의 일상성을 찾을 때까지 홀로 있고 싶었다. 헤어짐이 힘들다면 딱 한 달만 서로 떨어져 지내자고 했다. 남편은 그게 헤어지는 거지 뭐냐며 이해할 수 없다고 했다.

남편의 백수 생활이 끝나고도 비슷한 일상의 반복이었다. 평일에 보는 횟수가 조금 줄었다는 정도. 비슷비슷한 데이트의 날들이 쌓였고, 커피 쿠폰이 늘어났고, SNS에 음식 사진과 내 사진이 많아졌고, 뱃살도 두둑해졌다. 통장 잔액만 줄었다. '데이트, 충분히 하지 않았나?'라고 적힌 내게만 보이는 포스트잇을 가슴팍에 붙이고 데이트에 나섰다.

결혼하고 얼마 후 남편이 고백하기를, 내가 피곤하니까 오늘 보지 말자고 했던 게 일종의 애정도 테스트인 줄 알았단다. '그래! 오늘은 각자 쉬자!'라고 답했다간 큰 화를 면치 못할 것 같았다고. 종종 남편은 곧이들어야 할 말은 곧이듣지 않고, 곧이듣지 말아야 할 말은 곧이듣는다.

남편이 내게 결혼을 결심한 이유를 물으면, 난 거의 자동적으로 "데이트가 피곤해서"라고 답한다. 미안하지만 진심이다. 결혼의 좋은 점이 뭐냐고 물으면 "데이트 안 해도 되는 것"이라고 한다. 이것 역시 순도 100% 진심이다. 퇴근 후 각자의 시간을 꾸릴 수 있는 여유. 함께 생활의 리듬을 맞춰가는 기쁨. 집 앞에서 아쉽게 헤어지지 않아도 되는 행복. 식당이 아닌, 집에서 입맛에 맞는 음식을 해 먹고 오순도순 할 수 있는 충만한 기분.

함께 산 지 2년이 다 되어가도 여전히 벅차게 좋은 게 '데이트 프리'이다. 혼자 책 읽고 싶은 순간엔 방에 들어와 조용히 이어폰을 귀에 꽂는다. '말 걸지 마'라는 나만의 신호다. 그 사이 남편은 게임이나 넷플릭스로 자유 시간을 만끽한다. 가끔 남이 해준 밥이 먹고 싶거나 예쁘게 꾸미고 싶은 날에야 데이트에 나선다. 그러곤 각자의 집이 아닌 우리 집으로 함께 손잡고 돌아온다. 매일 겪어도 매일 새롭게 행복한 결혼의 단맛이다.

대체 사이드 메뉴는 왜 시키는 건데

매일 아침 남편의 도시락을 챙긴다. 대체로 엄마가 해준 반찬을 옮겨 담는 것뿐. 큰 품 들이지 않는 선에서 싸준다. 가끔 콩전, 칠리새우, 떡볶이, 함박스테이크, 삼각김밥, 브리토 같은 걸 만들어주기도 하지만 이런 건 정말 어쩌다 한 번. 주로 나박김치, 멸치볶음, 조미김, 카레, 국류 정도다. 맨날 이런 것만 먹고 지겹지 않을까 싶은데 남편은 점심때마다 "잘 먹겠습니다"라는 메시지와 인증 사진을 보내온다. 남편은 내 덕분에 생활비를 많이 줄였다고 고마워하지만, 나는 별 투정 없이 잘 먹어주는 남편 덕분이라 생각한다. 직장인에게 점심시간이 얼마나 큰 위로인지 알기에. 더군다나 남편이 외식을 얼마나 좋아하는지 잘 알고 있기에.

결혼 전, 정확히는 남편이 백수였을 때. 데이트 비용의 대부분을 내가 냈다, 라고 말하면 남편은 이의를 제기하겠지만 나는 당시 내 카드 명세서를 증거로 제출할 수 있다. 뭐 굳이 이렇게까지 할 필요는 없겠지만, 원한다면야. 남편의 통장 잔고가 남아 있었던 연애 극초반에는 그도 펑펑 썼다. 음악 페스티벌 티켓값도 턱턱 내주고, 차에 기름도 팍팍 넣어줬다. 나는 외식을 좋아하는 남편과 서울 곳곳을 돌아다니며 자영업 부흥에 이바지했다. 징그럽게도 많이 먹고 다녔다.

남편의 구직 활동이 길어지며 자연스럽게 내가 돈을 더 썼다. 그편이 마음이 편했다. 가끔은 남편이 커피도 샀고, 날 웃게 만든다며 꽃도 사주곤 했다. 고마웠지만 남편 지갑이 가벼워지는 게 내가 다 불안해서 그냥 안 받고, 안 얻어먹고 싶었다. 그러는 사이 통장에 적힌 숫자는 점점 작아졌고, 카드값은 복리 이자처럼 매달 무서운 속도로 늘어갔다. 적금도 몇 번 깼다. 이래도 되나 싶은 마음이 나를 괴롭혔고 점점 데이트가 부담스러워졌다. 이래서 결혼은 할 수 있을까, 아니 이러다가 조만간 파산하는 건 아닌가 싶어 덜컥 겁이 났다.

그래서 나는, 진짜 쪼잔한 이야기일 수 있지만, 남편이 데이트할 때 사이드 메뉴를 시키는 게 그렇게나 얄미웠다.

'꼭 어니언 프라이를 먹어야만 하니?! 꼭 닥터 페퍼를 마셔야만 하니?! 꼭! 팝콘에 나초에 콜라까지 라지로 먹어야만 하니?!'

차마 육성으로 내뱉진 못하고 마른침과 함께 꿀꺽 삼켰다. 대신 사이드 메뉴판을 신나게 읽고 있는 남편을 도끼눈을 뜨고 바라볼 뿐이었다.

'넌 참 먹고 싶은 것도 많구나.'

못해도 열 번 이상은 본 영화 〈연애의 온도〉에서 유독 좋아하는 장면이 있다. 김민희와 이민기가 데이트 비용 때문에 싸우는 장면. 극 중 김민희는 헤어진 남자친구이자 직장 동료인 이민기를 옥상으로 불러 다짜고짜 300만 원을 갚으라고 한다. 데이트할 때 은근슬쩍 빌려 간 거, 내 카드로 긁은 양복값, 이것저것 대충 더하니 300만 원 정도 되더라며. 난데없는 채무 독촉에 이민기는 "너 만날 때마다 술 사줘 옷 사줘 택시로 바래다줘. 그 돈 내놓으란 소리가 나오니?"라며 부들부들한다. 여기서 질 김민희가 아니지. 김민희는 숨 쉴 틈 없이 속사포로 쏟아낸다.

"네가 데이트할 때 돈 썼다고 착각하나 본데. 나 너 만날 때마다 배고파서 밥 먹고 나갔어. 어쩌다 네가 가끔 살 때도 난 제일 싼 것만 시켰어. 그런데도 넌 아주 그냥 눈치를 그렇게나 줘서 기분 뭐같이 만들었지. 조금만 비싼 것 시키면 하루 종일 말도 안 하고. 쪼잔해가지고는."

저렇게까지 돈 이야기로 살벌하게 싸우는 커플이 많지는 않겠지만 돈 때문에 연인한테 빈정 상한 경험, 솔직히 다들 한 번씩은 있지 않나. 그게 큰돈이 아니라서 더 말하기 어려운. 그래서 혼자 속으로만 끙끙 앓다 종국에는 이게 다 내가 속이 좁아서 그런 거라는 결론으로 마침표를 찍는 마음. 나는 그렇게 마음이 쪼그라들 때면 사이드 메뉴 앞에서 뭘 시킬지 고민하는 남편에게 에둘러 말했다.

"어우, 배부르지 않아? 오늘따라 속이 너무 안 좋네. 체하려고 그러나." "여기 사이드 메뉴는 별로래(사장님 죄송). 다음에 다른 데서 먹어보자."

결혼 후에도 뭐, 비슷하다. 오늘 점심에는 맥도날드에서 라지 세트를 시키고도 너깃을 추가하려는 남편에게 통통한 내 배를 퉁퉁 치며 말했다.

"우리 저번에 이거저거 다 시켰다가 배불렀잖아. 어우, 생각만 해도 배불러."

글로 쓰고 보니 먹는 것 가지고 좀스럽게 구는 억척 아내처럼 보이지만 늘 그런 건 아니다. 남편이 회사에서 힘든 일이 있는 날이면 평소 그가 사랑하는 치킨에 사이드 메뉴까지 넉넉하게 주문해주고, 먹고 싶은 음식은 아무리 피곤해도 당장 만들어주는 편이다. 어디 그뿐인가. 필요하다는 비싼 컴퓨터도 시원하게 사주고, 어? 내가 어? 남편이 사이드 메뉴 시켰다고 여태 삐쳐 있는 그런 쩨쩨한 사람 아니라는 얘기다.

마곡역 일용직 노동자

우리의 연애가 초기에서 중기로 넘어가던 즈음 남편은 백수 생활을 끝내고 공사장 일용직 노동자라는 새로운 삶을 시작했다. 솔직한 심정으로다가 나는 나이 서른 넘어 백수 남자친구를 만나리라 상상도 못 한 데다가, 그 남자친구가 별안간 공사장으로 출근하게 될 거라고는 더더욱 생각하지 못했다. 뭐 하나 우리 예상대로 굴러가지 않는 게 인생이라지만 이건 정말 예측 밖 전개였다. 남편에게 말하진 못했지만.

남편이 구직 활동에 실패했던 건 아니다. 오히려 꽤 성공적이었다. 여러 회사에서 합격 연락이 왔지만 그때마다 남편은 귀신한테 걸려온 전화라도 되는 것처럼 황급히 끊었다.

"면접 때 뭐라는 줄 알아? 여자친구 있으면 헤어질 각오 하고 입사해야 한대. 이 바닥이 원래 그렇다고. 사생활 포기하고 입사할 자신 있냐고. 내가 아무리 본 투 비 노동자라고 해도 이건 아니지."

남편은 고개를 절레절레 흔들었다. 나도 참 별의별 회사, 별의별 조직을 다 겪어봤다고 생각했는데 내가 취업준비생이었던 10년 전보다 어째 단 하루 치의 발전도 없다니. 면접에서 연애 여부를 물어보는 것도 기함할 노릇인데 헤어질 각오를 하라니. '그 사람 애인 없다'에 100원 건다 내가. 말도 안 되는 궤변을 늘어놓은 면접관은 그 회사가 있는 건물의 주인이라 했다. 그쪽 바닥에서는 이름만 들으면 아는 회사라는데 알 게 뭐람. 무식한데 괴상한 신념만 있는 고용주들이 한 회사 걸러 한 군데씩 있었다.

이게 지금 취업이야 지뢰 찾기야 뭐야? 다들 뭐 하자는 건지 정말. 좋아하는 일로 밥 벌어먹는 게 이렇게나 힘들다니. 열불이 났다.

남편은 마곡역 공사장으로 출근했다. 그땐 남편이 취업준비생의 신분을 조금이라도 연장하기 위해 바짝 돈을 벌어두려는 심산인 줄 알았다. 뒤늦게 알았다. 그것이 누적된 데이트 비용으로 인한 노동이었음을…. 남편은 오전 다섯 시께 일어나 윙윙 시끄러운 5호선 지하철을 타고 마곡역으로 향했다. 신입이라 주로 보조 업무를 맡았다. 반장 아저씨를 도와 왔다 갔다 하다 보면 어느덧 점심. 현장 식당에서 식판 위로 음식 산을 쌓고 허겁지겁 먹은 뒤 공사장으로 돌아와 꿀맛 같은 낮잠을 청하고 나면 금세 오후. 피로함과 졸림, 배부름으로 무거운 몸을 끌고 겨우 오후를 버티다 해가 질 무렵 퇴근했다.

남편이 공사장 일을 시작하고부터 나는 출근해도 출근한 게 아니고, 밥을 먹어도 먹는 게 아니었다. 키보드 자판을 치고 있어도 마음은 가본 적도 없는 마곡역 공사장을 떠다니고 있었다. 아무리 단기간 돈을 벌기 위해 하는 일이라 해도 마음이 편치 않았다. 공사장에서 감전 사고로 돌아가신 외삼촌, 손가락이 절단된 큰외삼촌이 자꾸만 떠올랐다. 남편은 사고가 나면 공사 올스톱이라 손해가 크기 때문에 건설사가 철저히 관리한다고 걱정하지 말라고 나를 달랬다. 그런데도 뉴스에서는 공사장 인명사고 소식이 잊을 만하면 보도됐다. 게다가 그땐 뼈가 시리게 추운 한겨울이었다. 남편이 아끼는 검정 노스페이스 점퍼가 점점 회색빛으로 바뀌었다. 퇴근하고 만나면 남편에게선 퀴퀴한 먼지 냄새가 났다. 내 마음은 까맣게 타들어 갔다.

영화 〈당신, 거기 있어줄래요〉 언론 시사회 날이었다. 영화에서 주인공 수현은 인생의 가장 후회스러웠던 순간, 여자친구를 잃었던 그때로 돌아가려 신비로운 알약을 먹는다. 하지만 과거와 현재, 미래를 모두 내 뜻대로 바꾸기엔 삶은 너무 복잡

했다. 주인공의 계획은 자꾸만 꼬여갔다. 그 못지않게 내 속도 시끄러웠다. 마곡역 공사장은 어떻게 돌아가고 있을지. 춥진 않을지. 심란한 마음을 달래며 마주한 영화의 후반부. 주인공 홀로 딸을 키워온 세월이 파노라마처럼 흘러가는 장면에서 울음이 터졌다. 현관문에서 딸을 기다리고, 딸을 배웅하는 남자의 모습이 어찌나 서럽게 슬프던지. 어쩐 일인지 그 장면에서 한겨울 공사장에서 무거운 짐을 옮기고 있을 남편이 떠올랐다. 지금 생각하면 조금 낯간지럽고 웃기기까지 한데, 주인공이 훗날 내 남편의 모습처럼 느껴졌다. 그리고, 수많은 우연이 겹쳐 우리가 만난 게 두 번 없을 기적이고, 그 기적의 미래는 곧 결혼일 거라는 확신이 들었다.

사귀기로 한 첫날 누가 먼저랄 것 없이 "결혼을 전제로 만나고 싶어"라고 선언했던 우리. 하지만 이후 어떤 진전도 없었다. 그런데도 영화의 그 장면에서 막연했던 미래가 한걸음에 훅하고 다가왔다. 알아주는 관악구 행동파였던 나는 빛의 속도로 기사를 마감한 뒤 마곡역으로 발걸음을 바삐 옮겼다. 시사회 장소는 건대입구역 롯데시네마. 마곡역까지 지하철로만 한 시간이 넘게 걸렸다. 도착하니 이미 캄캄한 저녁. 황량한 들판 같은 마곡역에는 칼바람이 세차게 불었다. 남편이 출근길 들른다는 편의점에 들어가 따뜻한 꿀 유자차를 마시며 남편을 기다렸다. 한참 뒤 저 멀리 남편이 보였다. 노스페이스 점퍼 주머니에 손을 찔러 넣고 털레털레 걷는 남편이. 나는 남편을 놓칠세라 호다닥 뛰어나갔다.

"어흥!"

"어우씨, 깜짝이야. 헉? 자기야?!"

남편 얼굴에 일순간 사랑이 번졌다. 나는 남편을 보자마자 펑펑 울었다. 새벽부터 종일 추위와 먼지 가득한 공사장에서 씨름했을 남편을 껴안고 울었다. 남편은 영문도 모른 채 나를 달랬고, 나는 우리가 하루빨리 이 피곤한 나날을 지나 무사히 결혼할 수 있길 속으로 바라고 또 바랐다.

뜨거웠던 마곡역 상봉 며칠 뒤. 사무실에서 한창 일하고 있는데 남편으로부터 전화가 걸려왔다. 전기 드릴에 장갑과 손가락이 말려 들어가 작게 다쳤다고. 철렁했다. 내가 이럴까 봐, 이럴까 봐 걱정했던 건데. 남편은 손가락뼈에 철심 몇 개를 심었다. 나중에야 안 건데 전기 드릴은 맨손으로 사용해야 했다.

장갑이 함께 빨려 들어가는 경우가 왕왕 있기 때문이다. 남편은 몰랐다. 공사장 반장 아저씨는 남편이 손을 다쳤는데도 현장에 나오라고 했다. 그래야 남편 일당 중에 자기 앞으로 떨어지는 몫을 가져갈 수 있으니까. 남편은 손이 욱신거리는 와중에도 마곡역으로 향했다. 며칠 뒤 나를 포함한 주변의 성화에 남편은 결국 공사장 일을 그만뒀다. 남편이 그만두던 날, 반장에게 들었다는 말은 기억나지 않는다. 어쩌면 기억하기 싫은 걸지도.

그 겨울 우리의 연애는 고단했지만 애틋했다. 먼지 냄새 가득했지만 사랑스러웠다. 남편은 지금도 내가 마곡역에 짠! 하고 나타났을 때를 우리의 연애사 가운데 가장 설렜던 순간으로 꼽는다. 그 바람에 남편은 지금도 내가 회사 앞으로 깜짝 출몰하길 바라고 있다. 언제 한번 몰래 찾아가야겠다. 언제가 될지는 모르겠지만. 일단 날이 좀 풀리고, 미세먼지도 없고, 마스크도 쓰지 않는 날 생각해봐야겠다.

손 마사지 무형문화재

남편도 몰랐어요. 본인에게 그런 재능이 있을 줄은.
그것은 어느 추운 겨울날 예고도 없이 찾아왔습니다.
남편은 꽝꽝 언 저의 손을 꽉 잡더니만
자기도 모르게 손가락 마디마디를 꾹꾹 누르더라는 거 아닙니까.
뭐에 홀린 사람처럼.
원래 그럴 운명이었던 것처럼.
저주에 걸려 무아지경 스텝을 밟는 동화 속 빨간 구두처럼.
어, 내가 왜 이러지 왜 이러지 하면서도 멈출 줄 몰랐어요.

저는 그때 느꼈죠.
이것은 실로 엄청난 재능이다. 무형문화재급 수준이다.
이 손 마사지를 평생토록 받고 싶어
이 남자와 결혼하게 될지도 모르겠다고요.
농담이 아니라 진심으로요.

그 뒤로 남편은 우리의 데이트가 영 안 풀리는 날에는
손 마사지 카드를 꺼냈습니다.

저의 손을 휙 하고 가져가 마디마디를 시원하게 풀어줬습니다.

저는 시력이 좋아지고, 코가 뚫리고, 미간 주름이 펴지는 걸 느낍니다.

남편에게 손 마사지를 받을 때마다

다시 태어나는 기분입니다. 정말로요.

매일 밤 잠들기 전 손 마사지 타임.

신성한 순간입니다.

손가락 마디를 타고 하루 동안의 피로와 감정을 털어내는 시간.

남편은 제게 손 마사지를 해줄 때마다 트림합니다.

마디 하나에 트림 한 번, 마디 하나에 트림 한 번을 내뱉습니다.

마치 의식처럼요.

그렇게 한결 가벼워진 몸과 마음으로 깊은 잠을 청합니다.

나른해집니다. 평온해집니다.

그날 매듭은 그날 풀고 자는,

우리 부부만의 소박한 방식입니다.

이게 모두 손 마사지 선생님 덕분이죠.

감사합니다.

프러포즈까지 쫓아온 징크스

미리 밝히자면 나는 미신 마니아다. 문지방 밟으면 복 나간다, 음식에 수저 꽂아놓으면 안 된다, 현관 앞에 거울 두는 것 아니다. 할머니와 엄마, 아빠로부터 학습해온 오랜 미신들을 철저하게 믿고 따르는 편이다.

그런 내게도 당연히 나만의 미신, 나만의 징크스가 있다. 내가 철석같이 믿고 있는 징크스는 '내가 단골로 삼으면 그 가게는 망한다'이다. 이 이야기를 처음 듣는 사람들은 콧방귀를 뀌지만, 안타깝게도 사실이다. 마음에 쏙 들어 지인들도 자주 데려가고 종종 모임이라도 했다 하면, 그 가게는 여지없이 폐업한다. 정말이다. 장사가 잘되는 걸 넘어 맛집으로 소문까지 나더라도 내 단골 리스트에 이름을 올리면 얼마 지나지 않아 망해버린다. 일일이 상호를 밝힐 순 없지만, 이수역 프랜차이즈 주점, 홍대 좌식 칵테일 바와 채식 카페, 경주 찻집, 광화문 오래된 김치찌개 맛집, 심지어는 바다 건너 프랑스 빵집도 내가 단골로 삼자마자 별안간 망해버렸다.

이 무자비한 징크스는 우리 부부의 프러포즈까지 쫓아왔다. 노동절이었다. 기자는 노동절에도 노동을 하기에 노동을 끝내고 남편과 동네에서 만나기로 했다. 남편이 동네 말고 강남 고급 레스토랑에 가고 싶지 않냐고 자꾸만 물었다. 난 그냥 집 앞에서 보고 싶은데. 스테이크가 썰고 싶다나 뭐라나. 결국, 우리가 자주 다니던 동네 스테이크 맛집에서 보기로 절충점을 찾았다. 입을 한 주먹 내밀며 역 앞으로 나갔다. 주머니에 손을 찔러 넣고 "갑자기 웬 스테이크야(이번 달도 돈 많이 썼는데)"라는 식의 이야기를 하며 레스토랑으로 향했다.

스테이크와 와인이 나오자 남편이 주섬주섬 작고 빨간 쇼핑백을 꺼냈다. 프러포즈였다. 아, 이래서 고급 레스토랑에 가자고 했던 거구나. 아, 이래서 지난 주말 약속 시간에 늦었던 거구나. 반지를 찾으려고.

결혼하고 다시 찾은 그 단골 식당은 여지없이, 예외 없이, 역시나 망해버렸다. 블로그 맛집으로 유명한 곳이었는데도 말이다. 내 징크스를 안 믿던 남편도 이번엔 어라? 하는 눈치였다. 우리의 프러포즈 추억을 담은 장소가 그렇게 흔적도 없이 사라졌다.

우리는 처음 사귀기로 한 날부터 결혼 이야기를 꺼냈다. 결혼을 전제로 만나고 싶다고. 지금 당장은 힘들고 한 3년 뒤 어떻겠냐고. 누가 먼저랄 것 없이 결혼을 이야기했다. 그 순간 내 마음을 복기하려 아무리 노력해도 정확히 기억나지 않는다. 그냥, 이 사람이랑 결혼할 것 같았다. 지지고 볶고 싸우더라도 결국엔 결혼하게 될 것 같았다.

약속한 3년이 지날 즈음 난 데이트가 지겨워졌고 무엇보다 피곤했다. 데이트보다 함께 생활을 꾸리고 싶었다. 하지만 남편은 결혼 이야길 꺼내는 걸 싫어하는 눈치였다. 싫어한다기보다 불편해하는 듯 보였다.

프러포즈 받기 몇 달 전 일이다. 사실, 참을성 없는 내가 우리 언제 결혼하냐고 먼저 운을 뗐다. 남편은 사실은 할 말이 있다며 내 눈치를 살폈다. 한참 아무 말도 못 하고 망설이더니 급기야 벌벌 떨기까지 했다. 뭐야 왜 떠는 거야 무섭게. 혹시 숨겨놓은 애라도 있나? 철렁했다. 이유는 돈 때문이었다. 이제 막 첫 회사에 자리 잡으려는 남편은 경제적으로 안정을 찾은 뒤 결혼하는 게 답이라 생각했단다. 남자니까. 이렇게 말하면 내가 떠날 것만 같았다며 떨리는 목소리로 힘겹게 말했다.

"아, 뭐야? 그런 거라면 더 일찍 말했어야지! 안정은 결혼하고 찾아도 되잖아. 꼭 남자가 자리 잡아야 하는 게 결혼이야?

그 돈 내가 같이 해결해볼게. 왜 이제야 말하는 거야 이걸!"

물론 나라고 사정이 아주 좋았던 건 아니다. 뜨거운 연애의 결과 소박한 통장 잔고와 끔찍한 카드값이 훈장처럼 남았다. 계속된 데이트에 돈이 모일 틈이 없었고 카드값은 한도 무서운 줄 모르고 치솟았다. 그래도 둘이 머리를 맞대면 해결할 수 있는 일이었다. 소박한 통장 잔고라도 너와 내가 합치면 마이너스도 플러스가 되겠지. 고민하는 순간에도 커피값은 계속 나가는걸.

그로부터 몇 달 뒤. 프러포즈 받던 날 남편이 비싼 레스토랑을 가자고 하는 게 솔직히 싫었다. 나는 데이트 비용으로 자꾸만 헛돈이 나가는 것 같아 속이 쓰린데 웬 스테이크. 돈 때문에 힘들다고 해놓고 웬 스테이크.

프러포즈를 떠올리면 남편에게 미안하다. 고민을 함께 품기로 했다면 좀 덜 툴툴댈걸. 반지 끼자마자 몇 개월 할부로 샀냐고 물어보지 말걸. 남편이 가고 싶어 했던 전망 좋은 레스토랑에 못 이기는 척 갈걸. 그랬으면 추억의 장소가 없어지진 않았을 텐데. 단골 징크스 따위 피해 갈 수 있었을 텐데.

알뜰살뜰 돈 모으는 재미가 쏠쏠하다. 결혼해야 돈이 모인다는 말은 사실이었다. 돈에 대한 개념 자체가 달라졌다. 어설프게 돈 나갈 일이 줄었다. 혹, 돈 때문에 결혼을 주저하고 있는 커플이 있다면 자신 있게 말할 수 있다. 둘이 마음과 지갑을 합치면 문제는 어떤 식으로든 해결된다고. 결혼해야 비로소 그 돈 걱정이 해결된다고 말이다.

자격지심 첫 경험

자격지심을 싫어한다. 자격지심을 좋아하는 이가 어디 있겠냐만, 난 자격지심을 병적으로 싫어한다. 자격지심은 백해무익하다. 자격지심은 개인의 발전에 어떤 긍정적 영향도 끼치지 않는다. 오로지 자격지심이라는 마음 그 자체를 극복하고 나서야 발전이든 반성이든 할 수 있다. 자격지심에 머무는 동안에는 온갖 과대망상, 피해 의식에 시달릴 뿐. 단 한 걸음도 나아갈 수 없게 만드는 최악의 심리 상태가 바로 자격지심이다.

자격지심은 스스로 좀먹는 행위다. 질투와는 차원이 다른 문제랄까. 누군가를 부러워하고, 그 부러움의 대상이 내가 되었으면 하는 질투와는 달리 자격지심은 일정 부분 가학성이 깃들어 있다. 자꾸만 내 나약한 마음의 상처를 부러 건드리는 일. 겨우 아물어가는 딱지를 건들고, 건들어 기어이 피가 철철 나는 꼴을 보아야만 하는 일. 그러고도 딱지를 뗀 내가 아닌, 상처 하나 없이 아름답기만 한 질투의 대상을 탓하는 일.

다른 건 몰라도 자격지심만큼은 없는 나였다. 자기 확신이 뛰어나서, 자기애가 깊어서가 아니다. 나보다 잘난 누군가를 애써 찾아 애써 부러워하며, 또 애써 나를 열등감으로 옥죄는 일련의 과정을 수행할 만큼 심리적으로 부지런하지 않기 때문이다. 절친한 단짝이 나보다 공부를 잘해도, 누군가 내가 못 이룬 꿈을 이뤘다 한들 그것을 부러워할지언정 자격지심을 느끼진 않았다. 잘난 사람을 잘난 대로 인정하는 편이었다.

그런데 남편을 만나고 처음으로 자격지심이라는 게 생겼다. 누군가가 너무 부럽고 스스로가 하찮게 느껴져 괴로웠다. 이는 실로 처음 겪는 마음이었다. 그것이 자격지심임을 인정하는 데까지도 꽤 오랜 시간이 걸렸다. 아니, 그 심리 상태를 벗어나고 나서야 그때 나를 좀먹던 벌레의 정체가 자격지심이란 것을 알게 되었으니 자격지심은 얼마나 위험한 감정인가.

남편의 첫사랑 때문이었다. 나는 살다 살다 첫 데이트 때부터 첫사랑 이야길 하는 사람은 처음 봤다. 남편은 도무지 기억나지 않는다고 하지만(뻥인 것 같다), 첫사랑이 명문대 졸업생이고, 안정적인 직업을 가진 데다가, 부모님이 전문직 종사자임에도 대학 시절 아르바이트를 하며 용돈을 버는 거의 뭐 완벽에 가까운 사람이었다고 말하며 "그 앤, 그런 애였어…"라는 여운으로 화룡점정을 찍었다. 게다가 어머님이 첫사랑이 들고 다니던 전공 서적을 읽으시는 것을 보고 운명이다 싶었다는 깨알 같은 에피소드까지 덧붙였다. 허이고, 대단하십니다.

나는 무방비 상태에서 첫사랑 에피소드 직격탄을 맞으며 '뭐 이딴 놈이 다 있지?' 싶었지만 달리 대처할 방법을 몰랐다. 그런 적은 처음이었기 때문에. 나는 난생처음 겪는 황당한 사태에 넋을 놓아버렸다. 음, 혹시 이거 나도 모르게 유행하는 신인류의 사랑법인가? 첫사랑 사수 궐기연애, 뭐 그런 거야?

그딴 유행이 있을 리 없지. 나는 악의라고는 1g도 느껴지지 않는 남편의 첫사랑 30분(3분도 아니고 무려 30분!) 스피치가 순간 귀엽게 느껴졌다. '나 있잖아—, 이런 여자도 만나봤다?' 하고 자랑하는 것처럼 보여서 '어 그랬구나—' 싶었달까. 하지만 남편은 그 이후로도 한동안 틈만 나면 나를 첫사랑 토크로 괴롭혔다. 남편을 만나기 전까지 내게 첫사랑 하면 가장 먼저 떠오르는 것은 최수종이 출연한 드라마 〈첫사랑〉이었다. 요오드 용액, 활엽수라는 단어만큼 드물게 떠올리는 단어가 바로 첫사랑이었다. 그 정도로 내 인생에 큰 의미가 없는 단어였다. 과장 조금 보태, 첫사랑이라는 단어를 평생 들은 횟수보다 남편에게 들은 횟수가 훨씬 많다.

이쯤 되면 이 남자가 아직도 첫사랑을 잊지 못해 괴롭구나, 라고 생각하는 게 정상 아닌가. 그러지 않고서야 대체 어떤 남자가 첫 데이트에서 첫사랑을 운운하고, 여자친구의 첫사랑을 물어본단 말입니까. 안타깝게도 그 여자친구는 기자. 그냥 넘어갈 내가 아니었다. 나는 약간의 취재력을 발휘해 남편 첫사랑의 얼굴을 보고야 말았다. 그리고 그 친구가 결혼했다는 안부까지도 접하게 되었다. 이게 뭐 하는 짓인가 싶었지만 나도 나를 말릴 수 없었다. 시방 난 위험한 짐승이었던 것이었던 것이었다.

말로만 존재했던, 내겐 마치 봉황과도 같았던 남편 첫사랑의 얼굴을 마주하고 나니 그것은 이내 현실이 되고 말았다. 그때부터 생애 첫 자격지심이 발동되었다. 남편의 첫사랑 사진을 들춰보며 나보다 잘난 구석을 찾기 바빴고, 첫사랑의 웨딩드레스 자태를 보며 잠을 이루지 못했다. 심란했다. 나의 직업이 안정적이질 못해서, 남편 첫사랑보다 좋은 대학을 나오지 못해서, 우리 부모님이 전문직이 아니라서. 우리가 아직 결혼을 못 한 것도 다 내 탓 같았다. 전부 다 내 잘못. 부족한 내 잘 못 같았다.

남편이 누군가를 설명하며 “부잣집 딸내미”라고 할 때면 저 깊은 곳에 곤히 자고 있던 자격지심이 깨어났다. 네 첫사랑도 부잣집 딸내미라며? 난 아니라서 미안하게 됐네. 남편이 첫사랑의 직업에 대해 언급만 해도 몸서리치게 싫었다. 첫사랑이 사는 동네 근처도 가기 싫었다. 자격지심이 마음에 온갖 구김살을 만들어내며 나를 낄낄 비웃었다. 초라했다. 구질구질했다. 자격지심이 할퀸 상처가 유독 아픈 날이면 여지없이 남편이 원망스러웠다. 대체 나한테 왜 첫사랑 이야길 해서는. 우리 둘 사이에 갑자기 끼어든 정체 모를 방해물을 어떻게 치워야 할지 그때는 몰랐다.

정확히 기억한다. 날 괴롭히던 정체가 자격지심임을 자각한, 그리고 그 마음이 사라진 그 날을. 우리 대체 언제 결혼할 거냐고 남편에게 묻던 날이었다. 돈 때문에 고민이라는 남편에게 같이 해결해보자고 말했던 그 밤. 내 앞에서 바들바들 떨던 남편, 울먹이던 남편, 벅찬 마음에 어찌할 바를 모르는 남편의 얼굴을 마주하고 나서야 날 꼬집고, 깨물던 벌레의 정체가 자격지심이라는 걸 알게 되었다.

그동안 나는 남편에게 내가 그의 첫사랑만큼 뜻깊은 존재가 아니라 생각했던 거다. 하지만 그날 밤 남편이 내게 처음 보여준 복잡미묘한 표정 앞에서 내가 그에게 얼마큼 큰 의미인지를 느낄 수 있었다. 남편은 아무 죄가 없었다. 티 없이 솔직한 것밖에는. 지질하고도 유치했던 나. 그런 나를 정면으로 응시하고 난 후 첫사랑 자격지심에서 해방될 수 있었다.

지금은 어떠냐고? 자격지심이 할퀴고 간 자리엔 동지애가 단단히 자리 잡았다. 이렇게 내 첫 책에 남편 첫사랑에 대한 지면을 할애하는 게 아무렇지도 않을 만큼. 만약 거리를 걷다 그 친구를 마주치게 된다면 내가 먼저 반갑게 인사할 수 있을 것 같다.

어, 안녕? 너랑 사귈 때 버섯 먹기 싫다고 자주 싸웠다며. 지금은 잘 먹어. 그나저나 결혼생활은 어때? 가끔 싱글일 때가 그립지 않니? 남편 없이 혼자 훌쩍 여행 떠나고 밤새 조용히 책 읽다 잠들던 시절 말이야. 너도 그렇다고? 어째 너랑 나랑 더 잘 맞는다, 얘. 잘 지내. 행복하게.

2부.

드레스만 잘 고르면 되는 거 아니었나요

5분 만에 결혼 날짜 정하는 법

숫자 외우는 걸 잘 못한다. 신미양요 1871, 병인양요 1866 이런 걸 외워야 할 땐 머리를 쥐어뜯으며 통곡했다. 다들 이걸 무슨 수로 외우고 있는 거야. 단순 숫자의 나열을 어떻게 외우라는 거야! 나는 내 계좌번호도 못 외우고 심지어는 아직도 남편 휴대전화 번호를 제대로 못 외운다. 꼭 한 번씩 틀린다. 남편 생일도 마찬가지. 공식이 있거나 앞뒤 맥락이 있다면 좀 쉬울 텐데 어떻게 그냥 외우는가. 이쯤 되면 암기 능력에 현저한 문제가 있는 건 아닌가 싶은데….

그래서 그런지 나는 무슨 무슨 기념일에도 큰 의미를 두지 않는 편이다. 일단 그 날짜를 기억하는 것이 어렵고, 그렇다 보니 날짜라는 숫자가 주는 감흥이 크지 않다. 오히려 그 무렵 공기 냄새, 거리의 빛깔, 그날 우리가 먹었던 음식, 공간 같은 것을 생생히 기억한다. 몇 월 며칠이라는 숫자는 말 그대로 숫자일 뿐. 그래서 결혼기념일을 챙기는 지인들을 보며 매번 신기했다. 평생을 나와 함께 한 생일도 아니고, 출근 안 해도 되는 빨간 공휴일도 아닌데 결혼한 날짜가 대체 어떤 의미일까 싶어서. '결기'라는 말이 결혼기념일의 줄임말이라는 것도 한참 뒤에 알았다. 내겐 애초에 줄일 생각을 할 만큼 각별한 단어가 아니었기에.

때문에 결혼 날짜를 정할 때도 별생각 없었다. 다행히 남편도 별생각 없어 보였다. 더더욱 다행인 것은 양가 어르신들도 꼭 언제 해야 한다는 민원을 넣으시지 않았다. 모든 걸 전적으로 우리에게 맡기셨다. 다들 어르신들이 받아 온 길일을 중심으로 예식장을 알아본다던데, 우린 대충 3월이면 좋겠지? 뭐 이 정도의 마음이었다. 예식장 리스트를 추렸고, 가장 마음에 드는 곳부터 찾아갔다. 식장 내부를 보자마자 '여기다! 여기여야만 한다!'라는 확신이 들어찼다. 장식이 화려하지 않고 차분한 채플 스타일의 예식장이었다. 리스트 2위, 3위 볼 것 없이 여기서 결혼하고 싶었다.

식장에 오기 전 웨딩 커뮤니티에서 온갖 정보를 섭렵한 나였다. '대관료 시즌별 가격 리스트', '식대 최대 할인받는 법' 무궁무진한 웨딩 네고의 세계에 빠져들었다. 모르면 당한다! 오늘부터 내 꿈은 네고왕! 비장한 각오로 예약실에 들어섰다. 이미 이 예식장에 홀딱 반했지만, 티 내면 손해 본다는 각오로 최대한 무미건조한 표정을 지었다. 잔뜩 긴장하고 앉아 있는 우리에게 예식장 직원은 결혼식 날짜부터 물었다. 결혼식 날짜라

굽쇼…. 저희는 대충 3월 정도? 2월도 좋은데, 아 4월도 괜찮을 것 같고….

망했다. 일단 날짜부터 질렀어야 했는데. 네고왕을 향한 부푼 꿈은 그렇게 허무하게 무너졌고, 나는 그냥 될 대로 되라는 심정으로 홀 직원이 들고 있는 상담용 아이패드만 물끄러미 바라봤다. 남편 역시 마찬가지였다. 그런데, 여기서 반전. 예식장 직원이 3월과 4월은 극성수기라 대관료가 비싸고 그마저도 예약이 꽉 차 몇 타임 안 남았다며, 차라리 2월은 어떠냐고 제안하는 게 아닌가. 결혼 날짜 하나 안 정해 와서 허둥대는 우리를 굽어살펴주셔서 어찌나 고맙던지.

아이패드 속 달력을 슬쩍 보니 2월 22일과 23일이 손 없는 날이라고 적혀 있었다. 흔히 말하는 길일. 예식장 달력엔 이런 것도 적혀 있구나 싶어 신기했다. 내 눈빛을 읽은 식장 직원은 길일은 다른 날보다 비싸고, 오후 타임밖에 남질 않았다고 했다. 대신, 오후는 점심 피크 타임보다 저렴하다고. 꼭 길일을 원하면 하객들이 여유 있게 올 수 있는 오후 타임도 나쁘지 않을 거라 일러줬다. 고민됐다. 늦은 예식은 휴일 하루가 애매하게 훌쩍 지나가 하객으로서 그리 선호하지 않기 때문이다. 혹,

2월 첫 주와 둘째 주는 어떤지 물었다. 그랬더니 이 직원이 하는 말이 압권.

"그 날짜는 추천드리고 싶지 않아요. 몇 해 음력 돌다 보면 설날이랑 겹치거든요. 결혼기념일이 명절이면 너무 싫잖아요?"

그는 진정 전문가였다. 우리는 결혼 택일 국가 공인 1급 직원의 지도 편달 하에 2월 16일 일요일로 날짜를 정했다. 5분도 안 돼 일어난 일이었다.

결혼식을 몇 주 앞두고 다른 나라 얘기인 줄만 알았던 코로나 상황이 심상치 않게 흘러갔다. 왜 하필 우리 결혼식을 앞두고 이런 일이 생긴 건지. 엄마는 코로나가 걱정돼 결혼식 당일까지 아무것도 못 먹고 매일 아침 빈속을 게워냈다고 뒤늦게 내게 말했다. 상황이 우려돼 참석이 힘들 것 같다는 연락이 오기 시작했다. 나는 부랴부랴 웨딩홀에 전화해 보증 인원을 단 몇 명이라도 줄여달라고 요청했고, 다행히 요구는 어느 정도 받아들여졌다.

코로나바이러스의 정체가 뭔지, 뭐가 뭔지 어떻게 돌아가는 건지 아무것도 몰랐던 때였다. 심각하다고 생각했지만 지금 와 생각해보니 그나마 그때는 나았다. 마스크 없이도 식을 올릴 수 있었고, 일일 확진자 수도 지금과 비교하면 10분의 1 수준도 안 됐을 때니까. 2020년 2월 16일. 결혼식을 치르고 며칠 뒤 대구 신천지 사태가 터졌다. 길일이었던 2월 22일과 23일로 날을 잡은 예비 부부들에겐 그야말로 날벼락이었다. 결혼 예정자들은 예식 날 미루기에 정신없었다. 웨딩 커뮤니티 글만 읽어도 가슴이 쓰렸다. 모든 것을 그날 하루에 맞춰 준비했을 텐데. 다들 이런저런 고민 끝에 정한 날짜들이었을 텐데.

지금도 가끔 식장 계약하던 날이 떠오른다. 그때 우리가 3월로 예약했다면, 혹은 길일이라며 좋은 날짜를 받아 왔더라면.

감사하게도 우리는 상황이 더 심각해지기 전 식을 올릴 수 있었고, 신혼여행도 무사히 떠날 수 있었다. 분명 감사한 일이지만, 한편으로 숙연해진다. 인생이란 게 결코 우리 뜻대로 되지 않는다는 걸 실감해서다. 예기치 못한 곤경 앞에 우리가 할 수 있는 일이라곤 없다. 묵묵히 지금, 오늘을 살아갈 뿐. 코로나로 전 지구적 공감대가 형성되었다면 바로 이것이 아닐까 싶다.

그토록 숫자 외우는 걸 힘들어하는 나이지만, ‘2020.02.16’만큼은 각별하다. 단 5분 만에 정했던 결혼 날짜. 불운이 나를 비켜 갔다고 환호하지도, 불운이 나를 덮쳤다고 한탄하지도 말아야지. 이런 마음으로 오늘 하루도 살아간다.

사주 맹신론자

운명에 연연하지 말고 오늘 하루 열심히 살아보자! 라는 지난 글이 무색하게, 나는 친구들 사이에서 알아주는 사주 맹신론자다. 아니, 유난히 내 주변엔 사주를 즐겨 보고 좋아하고 믿고 따르는 친구들이 많다. 심지어는 명리학을 독학해 직접 사주를 봐주는 친구까지 있는데, 꽤 잘 맞는 편이다. 하여간 우리는 대학 때부터 삼삼오오 모여 다니며 사주 잘 보기로 유명하다는 곳을 찾아다녔다. 마치 맛집 찾으러 다니듯.

사주를 볼 때마다 빠지지 않고 듣는 이야기가 있는데, 바로 내가 '평강공주' 팔자라는 거다. 나의 총명함은 중학생 시절 끝이 났다며(너무한 거 아냐?), 그때 내 꽃은 팍 시들었고(무려 시들기까지) 그 이후로는 남을 가르치거나 내 것을 나누거나 하는 팔자라고. 내 공부보다 남의 공부를 시켜주는 사주라고 했다. 그러면서 하는 말이 "누가 남편 자리에 오게 될진 모르겠지만, 아가씨는 힘들어도 남편한텐 엄청 좋은 사주야"라고. 들으면서도 이게 좋은 건지 나쁜 건지 아리송했다. 대충 공주는 공주니까 좋은 거 아냐? 어쨌든 온달도 장군이 됐잖아. 그러면 결과적으로 나한테도 좋은 거 아냐?

사주 맹신론자는 사주카페 곳곳을 찾아다니며 내 미래를 알아내려고 안달복달했다. 다시 떠올려보니 듣고 싶은 말만 해주는 곳을 찾아 헤맸던 것 같다. 사주 유목민이 따로 없었다. 한 번은 지금껏 들어보지 못한 새로운 해석을 내놓으신 분이 있었는데, 그분은 이제 막 사주카페계에 데뷔한 신출내기인 듯했다. 내 사주를 한참 골똘히 들여다보더니 이러는 거다.

"아가씨는 옷가게 하면 아주 잘할 팔자예요. 옷가게 차릴 계획은 없어요?"

교육자, 기자, 간호사 뭐 이런 사주라는 이야긴 들어봤어도 옷가게는 처음이라 신선했지만 나는 다시는 그 사주카페를 가지 않았다. 왜냐. 그때 난 빨간색 앙고라 털이 풍성한 브이넥 니트에다가 도트 무늬 블라우스를 겹쳐 입고, 반지를 열 손가락 중에 여섯 갠가 끼고 있었고 팔찌도 한 다섯 개쯤 차고 있었거든. 아무리 편견 없는 사람이 봐도 옷에 관심이 넘치면 넘쳤지 부족해 보이진 않은 행색이었다.

20대 내내 사주계의 노스트라다무스를 찾기 위해 동분서주했고, 마침내 내 인생 사주 멘토를 만났다. 홍대의 T 사주카페. 이곳의 사주 마스터는 의뢰인의 타고난 사주와 관상, 마스터

본인의 인생 경험을 더해 상대방을 MRI 찍듯 꿰뚫어 봤다. 광고학과 동기가 취준생일 때 이 마스터를 찾아갔더니 "아가씨는 비행기 탈 사주에요. 남편도 비행기 타는 사람 만나겠네" 했다는 거다. 오로지 광고업계 취업만 알아보던 친구라 한 귀로 듣고 한 귀로 흘렸는데, 훗날 그 친구는 승무원이 됐고, 직업 공군을 만나 결혼했다는 전설처럼 내려오는 이야기.

남편과 사귄 지 얼마 안 되었을 때 "우리 사주 좀 봐야겠다" 라며 그를 끌고 T 사주카페로 향했다. 그가 온달인지, 내가 평강공주인지 확실히 짚고 넘어가고 싶었다. 오래된 다방 분위기의 카페에 남편과 나란히 앉아 블랙커피를 홀짝이며 사주 마스터를 기다렸다. 남편은 뭐 이런 델 와서 돈 쓰냐고 하면서도 뒤 테이블 이야기를 귀를 쫑긋 키우고 듣고 있었다.

"저 여자분 이혼 수가 있대. 대박."

남편은 내심 들뜬 눈치였다.

'진짜 대박이 무엇인지 보여주지. 너의 과거와 미래가 이 자리에서 낱낱이 공개될 것이다!'

나는 속으로 클클거리며 비장한 눈빛으로 안경을 추켜세웠다.

사주 마스터는 우리 사주를 쓱 보더니 영 마음에 안 드는 말로 운을 뗐다.

"김수정 씨는 너무 예민해요."

"네? 제가요?"

"우리 김수정 씨는 너무 옳고 그름을 따지려고 해요. 좋은 게 좋은 게 아닌 사람이야."

아니 저기 사장님, 이러시면 안 되죠. 내가 여기서 쓴 돈이 얼만데. 언제는 저보고 평강공주라면서요. 예민하다거나 옳고 그름을 따지지 않는 나는 발끈했다.

"저 안 예민한데요? 예민은 이 남자가 예민한데요?"

사주 마스터는 그러거나 말거나 알 수 없는 미소를 지으며 다시 종이에 뭔가를 끄적였다. "두 분 그냥 결혼하세요. 김수정 씨는 20대 때는 뭘 해도 안 풀렸는데 결혼하면 다 풀려. 사주 더 볼 것도 없어요. 집에서 요리조리 살림하면서 돈은 돈대로 벌 거니까. 하여간 이 사주는 일이 알아서 손에 척— 척— 붙어서 굶어 죽으려야 죽을 수 없는 사주다—."

그날따라 묘하게 얄미운 마스터는 말을 이어갔다.

"우리 남자분이 김수정 씨의 예민함을 잘 품어주고, 우리 김수정 씨도 남자분의 능력을 키워주는 사주다—. 남자분은 타고 난 재물은 이—만큼인데 다 숭숭 나간다—. 그걸 김수정 씨가 이고 지느라 허리가 아플 수는 있다—. 하여간 두 분이 서로에게 없는 것을 잘 받쳐주는 사주네요. 두 분 기다리는 것 못 참는 성미인데 오래도 기다리셨네. 사주 더 볼 것도 없어요. 결혼하세요, 두 분. 그리고 우리 김수정 씨는 쉽게 쉽게 갈 줄도 알아야 한다—. 남자분은 복잡한 거 싫어해요. 순수한 사람이야—. 더 볼 것도 없어요, 결혼하세요 두 분."

아니 뭐가 자꾸 더 볼 것도 없다는 건지. 뭐가 자꾸 예민하다는 건지 도통 알 수가 없었지만 나는 씩씩거리며 복채를 건넸다. T 사주카페 단골이었던 친한 언니에게 당장 메시지를 보냈다.

"언니, 여기 완전 돌팔이에요. 다신 오지 마세요. 저보고 예민하대요. 말도 안 돼."

남편이 화장실에 가느라 잠깐 자리를 비운 사이 사주 마스터가 내게 다가왔다. 흥, 또 예민하다고 하려고? 애써 마스터를 못 본 척 예민하지 않은 몸짓으로 휴대전화를 만지작거리고 있는데, 이분이 내게 하는 말.

"수정 씨, 너무 복잡하게 재고 따지지 마요. 남자분이랑 뭐 하나 맞는 게 없는 것 같지? 그래도 두 분 천생연분이야. 결혼하면 잘 살 거예요. 걱정 마요."

순간 마스터에게 서운했던 마음이 사르르 녹았다. 사실 난 내가 진짜 평강공주일까 봐, 남편이 온달일까 봐 내심 불안했던 차였다. 그렇다고 신데렐라가 되고 싶은 마음은 추호도 없지만, 취향도 취미도 기질도 다른 이 남자가 온달이라면 그건 또 다른 문제니까. 그런데 천생연분이라니.

남편과 내가 천생연분이라 생각하지 않는다. 아마 다른 사람을 만났어도 어떻게든 살았을 거다. 오히려 지금보다 덜 싸우고 살 수도 있었겠지. 그런데도 신기한 건, 사주 마스터의 말이 어느 정도는 맞아떨어졌다는 거다. 남편은 나의 촘촘한 심리 필터를 존중해주고, 덕분에 나는 그 너른 벌판에서 더없이 여유롭다. 나 또한 남편이 제 가치를 더 성실히 확장할 수 있게 묵묵히 응원해준다. 그게 꼭 우리의 사주 때문인지는 모르겠지만.

올 초에도 사주 마스터를 찾아갔다. 제1고민은 커리어, 제2

고민은 부동산이었다. 여전히 단호박인 사주 마스터로부터 귀가 솔깃한 이야기들을 여럿 듣고 왔다. 몇 년 후 과연 이 말이 적중할지, 그때 이 페이지를 다시 들춰봐야겠다.

을의 청첩장

결혼식 준비 중 가장 힘든 단계를 꼽으라면 나는 주저 없이 '청첩장 돌리기'를 택하겠다. 이것은 그간 사회생활의 성적표를 직면하는 순간이자, 결혼식을 앞두고 혹독한 다이어트를 하는 와중임에도 청첩장 모임이라는 명분 아래 고열량 음식을 섭취해야만 하는 그리 유쾌하지 않은 상황이며, 그만큼 돈도 많이 들고 시간과 체력, 정신 모두 바닥까지 소진해야 하는 과정이기 때문이다.

무엇보다, 청첩장을 돌리다 보면 정말 많은 이야기를 동시다발적으로 듣게 되는데 대부분 좋은 말들이지만 무신경한 말들도 적지 않다. 드레스가 어떻다는 둥, 웨딩사진 표정이 어떻다는 둥, 청첩장 문구가 어떻다는 둥, 예식장 장소가 집에서 멀다는 둥, 예식 시간은 왜 이때냐는 둥, 요일이 토요일이 아니라는 둥. 대체로 한 귀로 듣고 흘리지만 그러기엔 입은 여럿인데 내 귓구멍은 단 두 개뿐. 그래서 나는 청첩장 받았을 때의 나를 돌이켜보며 참회의 시간을 가졌다. 아… 그냥 입 다물고 축하나 해줄걸.

청첩장 때문에 스트레스받던 내게 결혼 선배들이 하나같이 했던 조언은 "일단 무조건 다 돌려"였다. 결혼식 준비로 1분 1

초가 바쁜 와중에 괜한 피로감까지 느끼고 싶지 않았다. 무조건 다 돌리는 건 상상도 할 수 없는 일이었다. 청첩장을 돌리며 마음이 한껏 쪼글쪼글해졌던 나는 거의 반 포기의 심정이었다. 보도자료처럼 청첩장을 일괄 발송하고 싶은 걸 겨우 참았다.

"아, 나 그만 돌릴래요. 민망하고 피곤하고 미안하고. 한두어 달 동굴에 들어갔다가 결혼식 날 짠! 하고 등장할래요. 못해! 아니, 나 안 해!"

그러자 한 선배는 본인도 청첩장에 쌓인 게 많았는지 나를 한참 붙잡고는 마치 인생의 특급 비밀을 알려주는 양 사뭇 골계미 넘치는 목소리로 말했다.

"수정아, 올 사람 오고 안 올 사람은 알아서 안 와. 미안해 말고 무조건 다 돌려, 무조건. 그리고 꼭 청첩장 받으면서 비싼 밥 얻어먹으려는 사람들 있을 텐데, 그것도 그냥 사주고 잊어버려. 왜냐? 비싼 밥 얻어먹은 사람들이 꼭 축의금 액수는 적게 하거든. 에라이, 그러고 말아."

정말 그 정도일까 싶었는데 정말 그 정도였다. 축의금 턱으로 비싼 밥 얻어먹는 것을 당연하게 생각하는 사람들, 대체 청첩장 언제 줄 거냐며 닦달하는 사람들, 무조건 만나서 청첩장 받아야겠다는 사람들, 왜 나한테 제일 먼저 안 줬냐고 서운해하는 사람들 앞에서 나는 완전한 을이었다. 청첩장 돌리는 시즌엔 24시간 굽신굽신 모드로 지냈다. 결혼하는 나는 죄인이오, 하객 모두의 일정과 컨디션을 두루 살피지 못한 나는 대역죄인이오!

그런 와중에 결혼 준비하느라 돈 쓸 곳 많지 않냐며 먼저 밥값을 계산해주는 사람들, 바쁠 텐데 뭐 하러 여기까지 와서 청첩장 주냐며 모바일 청첩장만 보내줘도 된다고 말해주는 사람들이 눈물 나도록 고마웠다. 그래서 나는 결혼한 이후론 청첩장을 받는다는 이유로 밥을 얻어먹지 않는다. 웬만하면 모바일로 받아 예비 신부(혹은 신랑)의 시간, 경제, 체력 부담을 덜어주려 애쓴다. 결혼식 날 임박해 주는 청첩장에도 그러려니 한다. 결혼식 앞두고 할 게 얼마나 많은데, 하며 일단 축하 먼저 해준다. 이 모든 걸 결혼 전에 알았더라면 더 좋았겠지만.

물론 결혼식에 참석해주는 것, 상황이 여의치 않아 마음으로 축하해주는 것만으로도 감사한 일이다. 그래도 이왕이면 불편한 부채 의식 없이, 온전히 축하만 받고 싶은 것도 사실이었다.

왜 하객은 자연스레 갑이 되고 결혼 당사자는 을이 되는 걸까. 축의금을 받기 때문에 그런 걸까? 나는 축의금보다 진심 어린 축하를 받고 싶은 건데. 그리고, 축의금을 받으면 응당 이런 죄책감을 느껴야 하는 걸까?

결혼식 당일, 함박눈이 내렸다. '올해 눈 정말 안 온다'던 겨울이었는데, 마침 우리 결혼식 날 눈이 펄펄 쏟아졌다. 식장 밖에 눈이 듬뿍 쌓이고 있는 것도 모른 채, 신부대기실에서 등신대처럼 빳빳하게 앉아 있던 나는 "밖에 눈 진짜 예쁘게 와요!", "복스럽게 잘 사려고 그러나 봐!", "눈이 꼭 영화처럼 온다니까?!"라고 잔뜩 들뜬 하객들을 보며 마음이 일렁였다. 그들이 묻히고 온 차가운 바깥 공기를 느끼며 울컥했다. 창밖을 내다보지 않아도 식장 밖이 얼마나 춥고 얼마큼 많은 눈이 내리는지 몸과 마음으로 체감할 수 있었다. 쏟아지는 눈을 뚫고 우리를 축하해주기 위해 이곳까지 와준 사람들이, 진정으로 축하해준 사람들이 코끝 시리게 고마웠다. 나는, 을이 맞았다.

올겨울엔 눈이 지겹도록 많이, 자주 왔다. 서울에서 이렇게

나 많은 눈을 본 건 올해가 처음이었다. 집 앞 슈퍼에 잠깐 나가는 것도 힘들어 애를 먹던 어느 날, 결혼식 날 내 손을 부여잡으며 "눈 오는 날 결혼해서 잘 살 거야"라고 다정히 말해주던 얼굴이 떠올랐다. 도톰한 눈발을 헤치고 피 한 방울 안 섞인, 1년에 한 번 볼까 말까 한, 오로지 업무 이야기만 나누던, 마냥 살갑지만은 않은 친구인, 동생인, 가족인 나를 보러 와준 이들이 보고 싶어졌다.

다들 잘 지내시죠? 밥 한번 먹어요, 라는 말의 무게가 남달라졌습니다. 건강하세요, 모두. 눈이 올 때마다 그리울 나의 하객 여러분.

남편 검증

가끔 난감해질 때가 있다. 결혼이라는 제도에 강한 저항감을 가진 이들에게 “우리 남편은 안 그래”, “결혼 꽤 괜찮아”라고 말하게 될 때. 내가 왜 남편과 결혼을 변호해야 하나 난감하다.

한번은 청첩장을 건네는 자리였는데 그곳에서 친구로부터 남자들은 결혼하면 변한다더라, 회식 때마다 어디 어딜 간다더라, 안 그런 남자 없다더라, 식의 이야기를 듣게 됐다. 친구는 별생각 없이 한 이야기였다. 내게 상처를 주려는 의도도 없었고, 그저 머릿속을 굴러다니던 생각을 무심결에 입 밖으로 꺼냈을 뿐이었다.

나는 마음에 전혀 내상을 입지 않았다. 나도 결혼이라는 사건의 한가운데에 있기 전에는 그런 풍문에 제법 관심 있어 했으니까. 진짜 모든 남자가 다 그런 줄로만 알았으니까. 그런데 나도 모르게 “우리 남편은 그런 사람 아니야”라고 말하고 있는 모습을 발견했다. 겪어보니 모든 남편이 그렇진 않더라는 피부로 체득한 경험을 알리지 않고 그저 끄덕끄덕 듣고만 있기엔 너무나 억울했다.

‘유부녀’라는 타이틀이 하나 새로 생겼다. 이 타이틀을 달고 나니 모든 것이 조심스러워졌다. 내가 하는 말과 행동 뒤로 ‘결혼하더니 달라졌네', '남편이 잘 안 해주나 보네', '이게 다 결혼해서 그래'라는 선입견이 좇아올까 봐. 나는 그냥 나일 뿐인데, 자꾸 결혼, 남편이 앞뒤 맥락에 따라붙는 것이 영 불편하고 달갑지 않았다. 그런 이유로 나는 원래도 속말을 미주알고주알 털어놓는 성격은 아니었지만, 입을 더 꾹 다물게 되었다. 그렇지 않으면 나는 언제고 혹독한 남편 검증을 받아야 하기 때문이다.

더 솔직하게 털어놓자면, 한국 사회에 팽배한 결혼을 향한 부정적 인식이 자꾸만 마음에 턱턱 걸렸다. 결혼은 여자가 손해 보는 일이며, 시가는 가부장적이고 얼토당토않은 요구만 하는 사람들이라는 편견이 우리 일상에 얼마나 단단히 자리 잡고 있는지를 나는 결혼하고 나서야 체감하게 되었다. 대체 그동안 한국 사회에서 결혼이 얼마나 엉망진창으로 굴러먹었기에 다들 이렇게까지 부정적일까 싶어 때로는 씁쓸함이 들기도 했다.

물론, 결혼을 향한 비관적 화두들이 아주 틀린 말은 아니다. 일정 부분 사실이고, 어떤 면에선 여전히 한 걸음도 나아가지 못한 채 악습을 되풀이하고 있기도 하다. 그렇지만 나는 우리 세대가 꽤 많이 변화하고 있고, 변화하려 노력하고 있다고 말하고 싶다. 아직 갈 길이 구만리이지만 한 걸음씩이라도 나아지고 있다고 자신한다. 모든 남자가 성매매 업소에 가는 것이 아니고, 모든 시가가 눈에 불을 켜고 며느리를 잡진 않는다. 내가 결혼하고 가장 당혹스러웠던 것은, 이런 막장 사연보다 오히려 종이에 베인 듯 사소한 불평등들이 더 아프게 다가왔다는 점이다. 결혼 전엔 그 어디에서도 듣지 못했던 미세한 불균형. 목소리 높여 말하기엔 애매한, 그렇다고 모른 체하기엔 신발에 들어간 돌멩이처럼 종일 나를 아프게 만드는 불편함 말이다.

하지만 나는 이 미세한 상처들을 꺼내 보이지 못한다. 거봐, 역시나 결혼은 그런 거라니까. 거봐, 남자들 다 똑같다니까, 라는 이야기를 듣고 싶지 않아서다. 그렇다고 결혼의 달콤함을 마음 놓고 이야기할 수 있냐면 딱히 그런 것도 아니다. 힘든 이야기 좀 하면 결혼 실패한 사람, 사랑받은 이야기라도 했다 치면 남편 자랑하는 여자가 되기 때문에. 너무 잘난 남편도 안 되고, 너무 못난 남편도 안 되는 딱 B+ 정도의 남편을 나 스스로 적당히 포장해 만들어야 한다. 그 적절한 수위를 지키며 내 이야기를 하는 것은 여간 힘든 일이 아니기 때문에 나는 조용히 입을 다물고 만다. 남편 검증 따위 받고 싶은 생각도 없고, 받아야 할 이유도 없기 때문이다.

한번은 친한 기혼자 동생에게 이런 이야길 털어놨더니 “언니. 남편 자랑하고 싶으실 땐 저한테 하세요. 언제든 들어드릴게요”라고 말해줘서 겉으로 티는 못 냈지만 엄청나게 감동한 적이 있다. 남의 자랑 듣고 앉아 있는 게 어디 그리 쉬운 일인가. 그 마음이 못내 고마웠던 기억이다. 그날 이후 나는 이 친구한테만큼은 남편 검증 두려움 없이 편하게 지금의 내 현재를 털어놓는다. 내 꿈, 내 일, 내 고민까지도. ‘결혼하더니’, ‘남편이 ○○해서’라는 식의 대답이 돌아오지 않아서 고맙다. 그러면서도 결혼이라는 관계의 미세한 불평등에 대해선 함께 공감해준다. 그런데도 ‘언니, 아무리 생각해도 역시 결혼은 미친 짓이네요. 언니네 남편 완전 별로예요’라고 하지 않아서 이 친구가 참 좋다.

종종 평등과 혐오를 착각하는 사람들을 본다. 결혼제도의 불편부당함을 향해 몸서리치면서, 본인도 모르게 결혼한 삶을 폄하하는 눅눅한 말을 내뱉는 사람들을.

"결혼은 여자한테 손해야." 손해 본 누군가가 어찌할 바 모른 채 앉아 있다. "남자들(혹은 여자들)이란 다 똑같아." 그저 그렇게 똑같은 사람과 평생을 약속한 누군가가 고개를 떨구고 있다.

달다가도 쓰고 쓰다가도 짠내 나는 게 사람 사는 일 아닌가. 미디어와 온라인으로 학습된 자극적인 에피소드들 말고, 눈앞에 살아 숨 쉬고 있는 친구의 오늘에 귀 기울여줬으면 한다. 미혼자가 기혼자로부터 "그래도 결혼은 해야지", "그 나이까지 결혼을 안 해서 그래" 같은 말로 상처받는 것만큼, 기혼자가 미혼자에게 "결혼하더니", "남자들이란", "여자들이란" 같은 말을 듣는 것도 쓰리게 아픈 일이다.

편견이나 꼬인 마음 없이 응원해줬으면 하는 마음이다. 진짜 변화는 내 곁에 있는 사람의 표정을 정성스럽게 살피는 것에서 시작된다고 생각한다. 모두가 큰 목소리를 낼 순 없으니까. 큰 목소리에 묻힌 소소한 움직임들도 있으니까. 나는 내 앞에 있는 사람들의 작은 목소리부터 귀담아듣고 싶다. 편견 없이 너른 마음으로. 다른 사람들은 어떨진 몰라도 적어도 나만큼은 그러고 싶다.

혼수 잔혹사

결혼한 친구들을 크게 두 분류로 나눌 수 있다. '야, 결혼 준비 재밌던데?'와 '야, 결혼 준비 너무 힘들어' 타입으로. 전자는 생애 가장 큰 규모의 돈 잔치가 주는 자본주의적 희열이 일련의 스트레스를 모두 해소한다고 말하고, 후자는 결국 그 돈 때문에 힘들다고 한다. 나는 확실히 후자였다. 한정된 예산 안에서 최적의 것을 선택해야 한다는 압박에 매일 밤 종류별로 품목 리스트를 만들고 더하고 빼기를 반복했다. 지나고 보니, 혼수를 평생 쓸 물건이라 착각해 벌어진 부담감이었다. 대충할 것까진 없어도 적당히 준비했어도 됐는데.

밤샘 공부를 하면 뭐 해. 막상 혼수 필드에 나가면 신혼부부는 이런 말 뭐하지만 '탑 오브 호구'이다. "기왕 하시는 것", "일생에 한 번뿐인데", "혼수는 좋은 것 해야 해요"라는 말이 매번 발목을 잡았다. 그중에서도 가장 고난도 단계는 단연 가전이었다. 건조기를 한 단계만 더 업그레이드하면 삶의 질이 달라지고 종국에는 인생까지 180도 천지개벽할 것 같은 우렁찬 기분. 냉장고를 최신형으로 사면 해외 유튜버 언니들처럼 온갖 이국적 향취의 요리를 집에서 뚝딱 해 먹을 수 있을 것 같은 그런 산뜻한 예감.

우리는 오픈 기념 파격 행사 중이라고 입소문이 자자한 매장을 찾았다. 손바닥만 한 코르사주를 가슴팍에 붙인 영업사원들은 신혼부부 손님맞이에 여념 없었다. 빨간 코르사주 때문에 안 그래도 혼미한 정신이 더 어지러웠다. 어안이 벙벙해진 우리가 입구에서 두리번거리고 있자 훤칠하고 서글서글한 인상의 영업사원이 후다닥 달려왔다. 그는 홈쇼핑 쇼호스트 뺨치는 입담으로 매장에 있는 주요 가전들의 스펙을 순식간에 읊어줬다.

불행 중 다행으로 영업사원이 추천한 최신형 가전들은 우리 예산을 훌쩍 넘겼다. 10만 원짜리 전자레인지 살 걸 20만 원짜리로 사는 건 그렇다 쳐도, 100만 원짜리 냉장고 사려고 왔는데 200만 원짜릴 살 순 없으니 말이다. 그렇게 정신을 단단히 붙들어 매고 있는데, 이 영업사원이 대뜸 인덕션을 사라는 거다. '인덕션은 어떠세요'도 아니고 "인덕션 하셔야 해요". 인덕션? 이건 아예 선택지에 없던 건데? 남편과 나는 영업사원으로부터 가스레인지가 폐 건강에 얼마나 악영향을 끼치는지를 입을 쩍 벌리고 듣고 있었다. 가스레인지를 샀다가는 당장이라도 큰일 날 것 같았다. 양가 부엌에 있는 가스레인지까지 죄다 인덕션으로 바꿔야 할 지경이었다. 심지어는 인덕션을 추가하면 상품권 환급액도 배로 뛴단다. 안 살 이유가 없잖아! 예산액이 훌쩍 넘어가 손이 축축해지기 시작했지만, 돌려받을 상품권을 생각하면 밑지는 장사는 아니었다. 오히려 앉은 자리에서 몇십만 원을 번 듯 뿌듯했다.

"네네! 인덕션도 할게요!"

예정에도 없던 인덕션을 구매 리스트에 추가하고 나자 영업사원이 갑자기 심각한 표정으로 계산기를 두드렸다. 그러더니 에어컨을 1+1짜리로 바꾸면 상품권 환급액에 포인트까지 두둑하게 챙길 수 있다고, 놓치기엔 너무 아까운 기회라고 말했다. 우리는 좁은 아파트에 에어컨이 두 대씩이나 필요할까 싶어 거절했지만, 살 때 같이 사야지 나중에 추가하려면 손해라는 거다. 거실만 덥냐고, 안방도 덥지 않겠냐고. 이 말에 혹한 우리는 '안방에 에어컨 없으면 아무래도 여름에 힘들겠지?'라는 무언의 메시지를 눈빛으로 주고받은 뒤 외쳤다.

"네네! 에어컨 1+1 할게요!"

상품권과 포인트가 빵빵하게 차오르는 게 느껴져 절로 입꼬리가 올라갔다. 돈을 쓰고도 부자가 된 것 같았다.

드디어 가전들이 하나둘 신혼집을 채우기 시작했다. 이제야 조금 사람 사는 집처럼 보였다. 빨리 시원하게 에어컨 틀고, 세탁기도 돌려놓고, 인덕션으로 만든 파스타를 먹으며 벽걸이 4K TV로 넷플릭스를 보며 주말을 야무지게 즐기고 싶었다. 인덕션과 에어컨만 오면 곧 이룰 꿈이었다. 인덕션이 없어 배달 음식으로, 에어컨이 없어 부채질로 연명하며 배송일만을 손꼽아 기다리던 어느 날, 누구도 예상하지 못한 혼수 잔혹사가 시작되고야 말았는데….

설치 기사님으로부터 집 전력이 약해 인덕션 설치가 불가하다는 청천벽력 같은 소리를 듣게 된 것이다.

"네? 설치가 안 된다고요? 그럴 수도 있는 거예요?"

기사님은 이런 경우가 자주 있다고 살 때 따로 설명 못 들었냐며 고개를 갸웃했다. 저흰 그저 상품권 더 준다는 이야기만 듣고 왔는데요…. 인덕션이 설치 안 될 것을 우리가 어찌 알았겠나. 아냐, 그래도 알았어야지. 당장 영업사원에게 전화를 걸었다.

"아주 가끔 설치가 안 되는 경우가 있기는 한데, 제가 말씀을 못 드렸네요. 죄송합니다. 환불 처리는 해드리는데 대신 상품권은 일부 반납하셔야 해요. 그런데 제가 지금 상 중이라서…. 다음 주에 다시 연락드리겠습니다."

난 갑자기 숙연해져 더는 이의를 제기하지 못했지만, 남편은 "또 속을 순 없지"라며 매장에 전화를 걸어보겠다고 열을 냈다. 설마 상 당한 거로 거짓말할까 싶었지만 속고는 못 사는 남편을 말릴 순 없었다. 매장에 전화하니 영업사원이 개인 사정으로 며칠 쉬고 있다는 이야길 전해 들었다. 다시 숙연해졌다.

그 사이 1+1 에어컨이 도착했고, 두 대 중 하나는 설치할 수 없단 청천벽력 뉴스를 또! 듣게 됐다.

"네? 설치가 안 된다고요? 그럴 수도 있는 거예요?"

실외기가 이러쿵저러쿵하는 문제였다. 큰일 치르느라 정신 없을 영업사원에게 전화를 걸 수도 없는 노릇. 며칠 뒤 영업사원에게 연락이 왔고, 인덕션은 환불 가능하지만, 에어컨은 한 대만 따로 환불할 순 없다며 안방용은 중고카페에 판매 글을 올리라고 했다. 우린 더 따질 기운이 없어 알겠다고 하고 전활 끊었다. 일정액의 상품권도 반납했다.

그 뒤로 한동안 TV에서 인덕션 얘기만 나오면 남편과 나는 부들부들 떨었다. 영업사원이 중고카페에 올리라고 했던 에어컨은 본체가 있어야 사용 가능한 제품이라 별도 판매가 불가능했다. 집이 좁아 둘 곳이 없어 친정집에 갖다 놨다. 페이백으로 받은 상품권은 우여곡절 끝에 쓰긴 썼는데, 포인트를 사용하느라 무진장 애먹었던 기억이다. 인덕션과 에어컨 생각만 하면 어리숙했던 스스로가 창피해 쥐구멍에라도 숨고 싶다. 써본 적 없는 큰돈을 쓰느라 실수하기 싫어 잔뜩 힘주는 바람에 헛발 디뎌 생긴 일이다. 다시 하라면 더 잘할 자신 있는데, 절대 두 번 하고 싶진 않은 일. 그게 바로 결혼 준비의 아이러니라 생각한다.

위기 탈출 위경련
(부제: 결혼식 당일 절대 해선 안 되는 두 가지)

다 지나고 나니 할 수 있는 얘기이긴 하지만, 결혼식 별거 없는 것 같다. 결혼식을 준비하는 일련의 과정들이 고단할 따름이지 정작 결혼식이라는 행사 자체는 즐거웠던 기억뿐이다. 각 분야의 전문가들이 준비해놓은 대로 나는 그저 따라가기만 하면 됐다. 내가 챙겨야 할 것은 나 자신과 하객들뿐. 그런데 나는 결혼식 당일 나 자신을 챙기는 데는 완벽히 실패했다. 매일 밤 '결혼식 꿀팁', '결혼식 필수리스트'를 달달 외우며 연습했는데도 말이다. 요새는 웨딩 카페가 많이 활성화되어 있고 나 역시 그곳에서 많은 정보를 얻었지만, 막상 결혼식 날이 되니 그 조언 중에서 일부만 쓸모 있었고 대부분은 크게 도움이 안 됐다.

이 책이 웨딩 실용서는 아니지만, 결혼 예정인 독자 여러분에게 꼭꼭 공유하고 싶은 게 있다. 이름하여 '결혼식 당일 절대 해선 안 되는 두 가지'. 많지도 않다, 딱 두 가지다. 여러분의 절친한 친구가 하는 말이라 생각하고 읽어주시길 바란다.

첫째, 공복에 아몬드 먹지 말 것.
대부분 예비 신부들은 다이어트로 적잖은 스트레스를 받을 것이다. 나 또한 그랬다. 더군다나 나 같은 경우 결혼 전 남편과 반년 넘게 함께 사는 바람에(맞다. 핑계다) 하루걸러 한 번씩 야식을 즐겼고, 덕분에 결혼식을 앞두고 평소보다 살이 15kg이나 쪘다. 벼락치기의 고수인 나답게 찐 살은 겨우 뺐지만 거기서 더 빼진 못했다. 벼락치기 좀 해본 사람들은 안다. 시험 며칠 전 스스로 얼마나 독해지는지. 결혼식 일주일 전부터 나는 방울토마토, 아몬드, 고구마 한 줌을 깨작거리며 먹는 시늉만 했다.

결혼식 전날에도 헬스장에서 세 시간 동안 땀을 빼고 쓰러지기 직전의 상태로 집에 와 미온수만 마시고 잠을 청했다. 결혼식을 하루 앞두니 에라 모르겠다 얼굴 좀 부으면 어때, 의 심정으로 갑자기 미친 듯이 엽기떡볶이와 쥬시쿨을 입안으로 털어 넣고 싶었지만 딱 24시간만 더 참으면 먹을 수 있다는 해방감을 당근 삼아 식욕을 겨우 달랬다.

대망의 결혼식 당일 오전 4시. 결혼을 한 살이라도 더 어릴 때 할걸, 이라고 후회한 적이 딱 두 번 있었는데 한 번은 웨딩 촬영 중 실시간으로 눈 밑이 어두워졌을 때. 두 번째는 결혼식 당일 아침이었다. 거울을 보니 얼굴은 잿빛이고 다리는 후들거렸다. 당장 뭐라도 입에 쑤셔 넣지 않으면 웨딩홀이 아니라 골로 갈 것 같았다. 남편이 씻는 사이 아몬드 서너 개를 집어 허겁지겁 씹어 먹었다. 그러자 갑자기 속이 칼로 째는 듯 뒤틀리고 단전에서부터 토 기운이 몰려왔다. 머리는 빙글빙글. 이건 딱 소주, 맥주, 막걸리, 사이다를 섞어 마시고 인생 최악의 숙취를 겪었던 신입생 환영회 다음 날의 상태였다. 위경련이었다 (위경련 증세는 숙취와 정말 많이 닮았다).

오장육부를 다 쏟아내듯 게워낸 뒤, 배에 뜨끈한 찜질팩을 올려놓고 앓아누웠다. 남편의 얼굴은 사색이 되어 있었다. 내 얼굴도 아마 비슷했을 거다. 순간 별의별 생각이 다 들었다. 일단 메이크업 비용은 버린 셈 치고, 응급실에 들렀다가 노메이크업으로 예식장에 갈까? 응급차에서 셀프 메이크업이라도 할까? 응급실에 가도 안 나으면 어쩌지? 남편 혼자라도 보내야 하나? 짧은 시간 동안 온갖 최악의 시나리오들이 머릿속에서 재생되었고, 그 결과 민낯에 평상복을 입고 신부 입장하는 쪽으로 자체 마무리를 지었다. 내가 결혼식 폭망 영화를 찍고 있는 동안 남편은 내 손을 부여잡고 열심히 혈 자리를 찾으며 마사지를 해줬다. 내려가라, 내려가라. 괜찮아져라, 괜찮아져라. 어라, 꿱꿱 올라오던 헛구역질이 기적처럼 사라졌다. 찜질팩과 남편 손 마사지가 만들어낸 기적이었다. '역시 손 마사지 장인과 결혼하길 잘했어.' 그 순간만큼은 허준이 부럽지 않았다.

나는 결혼식 날 이후로 다시는 아몬드를 빈속에 먹지 않는다. 겁이 나서다. 혹시라도 저처럼 벼락치기 다이어트하는 분이 있다면 고생이 많으십니다. 그래도 웬만하면 전날 저녁은 챙겨 드세요. 아침도 간단히 드신다면 더 좋겠어요. 한 끼 굶는다고 뭐 크게 다르지 않더라고요. 안색만 더 꾀죄죄해 보일 뿐.

둘째, 박장대소하지 말 것.

이 이야기는 친구들에게도 여러 차례 들었던 조언이다. 절대 현실 웃음을 짓지 말 것, 무슨 일이 있어도 우아하고 느긋하게 웃을 것. 안 그러면 사진 망한다, 였다. 나는 그때마다 "알겠어, 알겠어"라고 답하곤 한편으론 '웃음이 나긴 할까? 울지나 않으면 다행이지'라며 그런 실수를 저지를 내가 아니라고 자신했다. 오히려 눈물 참는 방법을 찾기에 급급했다. 1년에 한 번 이상은 시간 내서 찾아보는 유머 영상들을 재차 복습했다. 백 번을 봐도 백 번을 웃는 전현무의 루시퍼 댄스 영상, 시트콤 〈똑바로 살아라〉에서 최정윤이 버스 돈통 냅다 뽑고 나뒹굴던 에피소드, 영화 〈브루스 올마이티〉 스티브 카렐 뉴스 장면. 올디스 벗 구디스. 구관이 명관이다. 엄마 얼굴 보고 눈물이 날 것 같으면 전현무, 최정윤, 스티브 카렐을 순서대로 떠올려야지. 이들이 있어 든든했다.

막상 당일이 되자 눈물이 나오기는커녕 터져 나오는 흥을 주체할 겨를이 없었다. 날 보러 바다 건너 와준 친구부터, 홑몸이 아닌데도 힘든 발걸음 해준 사람들, 서로들도 오랜만에 만나 반가워 깔깔거리는 동창들, 언제 봐도 좋은 일터의 동료들, 사촌 오빠, 사촌 언니, 선배, 후배. 내가 좋아하는 사람들을 한날한시에 동시다발적으로 보니 어찌 웃음이 나지 않을 수 있단 말인가. 내가 하도 신부대기실에서 반가움을 못 참고 벌떡벌떡 일어나는 통에 드레스 이모님께서는 "저기, 신부님. 대통령이 와도 절대 일어나면 안 됩니다"라며 나를 진정시키기에 바쁘셨다.

게다가 결혼식만 끝나면 꿈에 그리고 그리던 엽기떡볶이를 시켜 먹을 수 있다는 생각에 도무지 입꼬리가 내려가질 않았다. 도—옹대문— 엽기떡볶이—. 나도 모르게 콧노래가 나왔다. 아, 이 짧고도 괴로웠던 다이어트도 끝이 나는구나. 일단 연회장 뷔페부터 박살을 내야지! 생애 가장 행복한 날이었다. 그리하여 나는 신부대기실에서부터 연회장을 나오는 순간까지 시종일관 함박웃음과 박장대소 사이를 오가며 잇몸 미소를 발사했다. 심지어는 흥이 넘치다 넘쳐 동아시아 최고의 남성 듀오 노라조의 축가에 맞춰 엉덩이를 냅다 흔들어대며 춤까지 추고 말았다. 단정한 채플홀에서 고혹적이고 우아한 신부가 되길 꿈꿨던 나는, 잇몸을 한껏 드러내고 야단법석을 떨었다.

나는 울지 않아 다행이라며 내심 뿌듯했다. 나, 알고 보니 결혼식 체질인가? 즐거웠다. 무자비한 본식 사진을 투척당하기 전까진 말이다. 수천 장의 사진 가운데 쓸 만한, 아니 멀쩡한 사진은 단 한 장도 없었다. 죄다 선홍빛 잇몸을 드러내고 코믹한 표정을 짓고 있거나, 물개박수를 치고 있거나, 반갑다며 벌떡 일어나 손을 흔들고 있었다. 그것도 아니면 하객한테 미모 몰아주는 배려 넘치는 신부가 사진 속에 있었다. 엄마의 표정 변천사도 가관이었다. 처음엔 눈물을 겨우 참는 것 같더니 중반부에 들어선 재가 왜 저렇게 정신 빠신 애처럼 웃고 있지, 라는 당혹스러운 눈빛을 하다가, 양가 부모님께 인사할 때마저도 헤벌쭉 웃고 있는 나를 보며 기막히다는 얼굴을 하곤 혼주석에 망연자실 앉아 있었다. 엄마 이마에 '저 괘씸한 지지배. 엄마 품 떠나는 게 슬프지도 않나'라고 써 붙어 있었다.

결혼식 날 울까 봐 걱정이라면 생각보다 눈물이 안 난다는 희소식을 전하고 싶다. 넘치는 흥에 덩실덩실 웃다가 큰돈 써서 찍은 본식 사진을 그 어디에도 보여주지 못하고 저 깊고 깊은 폴더에 영원히 묻어둬야 할 수도 있다는 씁쓸한 소식도 함께 전한다. 아무리 친구가 반가워도, 아무리 결혼식 끝나고 먹을 떡볶이 생각에 행복해져도 몇 시간만 참자. 끓어오르는 흥의 10%만 미소로 그윽하게 보여주고, 90%는 내적 댄스로 휘발시키자. 남는 건 사진이다, 정말로. 다음 주면 결혼식 1주년인데 아직도 앨범으로 만들 사진을 선택하지 못했다. 본식 사진 폴더 열기가 겁이 난다. 드레스 입고 박장대소하는 그 얼굴을 다시 볼 엄두가 안 난다. 그리고 무엇보다 그때의 나는 내가 아니기에. 다른 여자 사진을 대신 골라주는 기분이라 영 난감하달까. 그런 기분이다.

신혼여행이면 다 좋을 줄 알았지

"내 인생의 하이라이트는 신혼여행지로 떠나는 비행기에서 안전벨트를 차고 이륙을 기다릴 때였어."

말이 끝나기가 무섭게 친구 A의 얼굴이 분홍에서 흙빛으로 바뀌었다. 마치 무대 위에서 현란했던 전성기를 떠올리는 댄스 가수의 쓸쓸한 표정처럼. 그러더니 A는 미리 주는 축의금이라며 달러가 들어간 봉투를 건넸다. 신혼여행으로 어디를 가는진 모르겠지만 면세점에서 요긴하게 쓰라며(어느 나라 면세점에서건 달러를 쓸 수 있다는 사실을 이때 처음 알았다). A는 신혼여행의 의미를 제대로 알고 있는 친구였다. 동시에 화폐의 쓰임을 적확하게 알고 있는 친구이기도 했다. 이 친구의 직업은 은행원이다.

결혼 준비로 피곤해질 때면 A가 했던 말을 떠올렸다. 남편과 나란히 앉아 벨트를 차고 창밖을 바라보며 이륙을 기다린다. 괜스레 기내 면세 카탈로그를 들춰보며 사지도 않을 비싼 액세서리와 생전 처음 들어보는 양주를 구경한다. 드디어 이륙. 위잉—. 비행기가 활주로를 내달릴 때 전해 오는 아스팔트의 단단함을 온몸으로 느낀다. 바퀴가 접히고 부웅 떠오른다. 아직 영종도 상공이지만 벌써 지구 건너편으로 날아온 듯 설렌다. 안전벨트 표시등이 꺼지고 승무원이 음료 카트를 밀며 들어온다. 잠깐 졸기라도 하면 날 지나칠까 싶어 카트를 뚫어져라 쳐다본다. "레드 와인 플리즈!" 후. 비로소 여행 시작. 지금 난 인생의 하이라이트를 지나고 있다. 즐겨야지. 만끽해야지.

우리는 결혼식 일주일 뒤 신혼여행을 떠났다. 할 일이 많았다. 결혼식 일주일 전 봉준호 감독이 〈기생충〉으로 아카데미 시상식에서 트로피를 다발로 받더니, 우리 결혼식 당일 귀국했다(공항 취재 때문에 식사도 못 하고 바로 인천으로 향한 하객이 꽤 많았다). 결혼식 다음 날 딱 하루 쉬고, 일주일 내내 시상식 관련 인터뷰와 기획 기사로 정신이 없었다. 재밌는 건 사람들도 내가 불과 며칠 전 결혼했다는 사실을 까마득히 잊고 있다가 "아니 잠깐만. 결혼했잖아! 신혼여행은?!" 하고 놀라더라는 거다. "일주일 뒤에 갑니다—." 그렇게 일주일 동안 결혼식의 여운이 조금씩 사그라드는 가운데 매일 밤 비행기 속 내 모습을 반복 재생하며 미소와 함께 잠들었다.

신혼여행지는 유럽. 프랑스 파리(2박 3일), 포르투갈 리스본(3박 4일), 오스트리아 빈(4박 5일) 3개국 일정이었다. 신혼여행 일정을 들은 이들은 열이면 열 "왜 이렇게 스파르타야?!", "유럽 관광 패키지야? 분명히 싸울 텐데", "신혼여행은 무슨 일이 있어도 휴양지야"라고 유럽 부부싸움론과 휴양지 만사행복론을 소개했다. 나라고 유럽 여행을 안 가본 것이 아니기에(남편은 처음이었다) 그 이론에 어느 정도 공감은 했다. 유럽의 돌바닥 위를 가방을 덜덜거리며 끌고 다닐 때면 나 자신마저 싫어졌으니까. '짐을 왜 이리 많이 챙겨 와서는!' 엘리베이터 없는 계단은 또 어떠한가. '왜 이런 데를 예약해서는!' 유럽 여행에서 고달팠던 기억을 더듬어보며 남편과 싸울 수도 있겠다는 마음의 준비를 했다.

막상 떠나보니 빠듯한 일정은 크게 문제가 안 됐다. 하늘길이 막힌 지금 돌이켜보니 3개국이나 보고 올 수 있었던 건 탁월한 선택이었다(당시만 해도 유럽은 이탈리아를 제외하고는 코로나 청정 지역이었다). 심지어 싸우지도 않았다. 유럽 돌바닥마저 사랑스러운 신혼여행인걸. 게다가 동양인 단체 관광객이 전혀 없어 어딜 가도 줄을 서지 않았고, 어딜 가도 사람들이 친절했다(손님이 없으니까). 조용하고, 쾌적했다.

유럽 여행은 늘 혼자 떠났다. 유럽은 외로움마저도 낭만적이었다. 고독의 시간을 비집고 외국어가 음악처럼 흘러들었고,

유럽 특유의 향취와 공기 내음을 온몸에 새기며 혼자 있는 시간을 만끽했다. 피부, 머리카락, 손끝, 코끝, 귓가의 모든 촉수가 예민하게 작동했다. 그때의 그 기억은 툭, 하면 톡, 하고 튀어나올 듯 아직도 선연하게 내 어딘가에 잠자고 있다.

그렇다면 뭐가 문제였냐. 남편과 함께 떠난 유럽은 이 모든 것을 느낄 새가 없었다. 예쁜 곳을 보면 "자기야—, 저기 서봐, 사진 찍어줄게—" 하고 열정 넘치게 카메라를 들이대는 사진작가가 있었고, 맛있는 것을 먹을 때면 "자기야—, 이거 대박! 장난 아냐! 한 입 먹어봐—, 얼른—" 하고 한술 떠주는 엄마가 있었으며, 풍경을 만끽할라치면 재잘재잘 수다 모터를 작동하는 남편이 24시간 곁에 있었다. 늘 타국만 갔다 하면 이국적인 것을 찾아 부지런히 작동하던 내 촉수가 아주 그냥 팍, 죽어버린 거다.

무엇보다 나는 나만의 여행 철칙이 있다. '이 도시의 숨은 보물은 내가 발굴한다'라는 나름 진지한 원칙이다. 발굴은 항상 발굴에서 그치지 않고 대량구매로까지 이어진다. 이 규칙을 지키기 위해서는 도시의 유명 쇼핑몰은 물론 블로그에도, 여행책에도 안 나오는 가게까지 샅샅이 뒤져야 한다. 매장에 있는 핸

드크림 냄새를 하나하나 다 맡아보고, 빈티지 옷더미 속에서 숨은 진주를 찾기 위해 눈에 불을 켜야 한다. 그런 내 곁에서 짝다리를 짚은 채 전화기를 만지고 있는 남편을 볼 때면 발굴 의지가 시들해졌다. 자라 매장에서 아내를 기다리며 쇼핑백을 가득 들고 퀭한 얼굴로 간신히 서 있는 남자들을 나는 많이 봐왔다. 그때마다 '어우, 저 남자 피곤하겠다'라며 혀를 끌끌 찼는데, 그 피곤함에 찌든 남자가 내 옆에 있었다.

차분한 여행의 낭만과 숨은 쇼핑 아이템 찾기를 포기했다면 이제는 먹는 즐거움뿐이다. 나는 악에 받친 사람처럼 하루에 식사 다섯 끼, 디저트 다섯 번을 먹어댔다. 그러고는 늦은 오후만 되면 "아, 배불러. 숙소 가서 똥이나 싸고 잠이나 자고 싶다"를 외쳤다(그럴 때마다 웃어준 남편에게 고맙다). 먹다 먹다 속이 부대끼면 한식을 부르짖었다. 파리에서는 틈만 나면 김치찌개를 갈구했고, 리스본에서는 그 좋아하는 포트와인도 마다하고 불닭볶음면을 그리워했다. 빈에 이르러서는 남편도 나한테 옮았는지 덩달아 라면을 찾아 헤맸다. 결국 우리는 숙소에서 먼 한국마트를 꾸역꾸역 찾아가 컵라면을 잔뜩 산 뒤 호텔에서 걸신 든 사람처럼 먹어 치웠다.

물론 말은 이렇게 하지만 혼자 여행과는 또 다른 차원의 행복이었다. 한식을 갈망하는 와중에도 파리의 바게트, 리스본의 맥주, 빈의 슈니첼(유럽식 돈가스)은 지금 당장이라도 날아가 먹고 싶을 만큼 황홀했다. 혼자 떠났을 때 고독과 멜랑콜리를 오가던 유럽만큼이나, 남편과 함께한 왁자지껄 유럽도 신명 났다. 유럽이 예능 프로그램 같은 정서도 가능하다는 재발견의 기회였달까. 무엇보다 좋은 것은 함께 추억할 공통의 기억이 있다는 사실. 사진첩을 가득 채운 인생 사진들도 남편과 함께라서 가능한 일이었다.

그렇게 시끌벅적한 신혼여행을 끝내고 돌아온 인천공항. 텅 빈 귀국장이 우릴 맞이했다. 이게 무슨 일이래. 일주일 사이에 공항의 공기가 몰라보게 달라졌다. 아직 채 가시지 않은 여행지의 들뜬 기운이 괜히 민망하게 느껴질 정도였다. 황사 때도 잘 안 쓰던 마스크를 쓰고 쭈뼛거리며 주차장으로 향했다. “자긴 어느 나라가 제일 좋았어?” 집으로 돌아오는 길 차 안에서, 왠지 모를 싱숭생숭함을 달래려 남편에게 물었다. 물론 그땐 몰랐다. 이렇게 오래도록 인천공항에 못 가게 될 줄은 말이다.

왜 이 남자다 싶었더라

결혼은 타이밍이라고들 한다. 나 역시 결혼은 확실히, 무조건, 분명히, 무슨 일이 있어도 타이밍이라 생각한다. 남편과 내가 결혼 적령기에 만났기 때문에 결혼에 골인할 수 있었던 것. 인정하기 싫지만 받아들여야 할 사실이다. '우리는 타이밍 때문이 아니라 언제 만났어도 결혼할 운명이었어'라는 생각은 뭐, 할 수도 있겠지만 나는 크게 공감하지 않는다. 성인이 된 이후 결혼이라는 제도를 인생에 받아들이기까지는 사람마다 다르겠지만 내 경우엔 10년이 걸렸다. 말하자면 서른이 되어서야 '결혼? 해도 괜찮겠네' 수준의 마음에 도달했다는 거다.

뭣 모르던 20대 초반에는 20대 중반에 결혼해 30대 초반 학부모가 되고 싶었다. 그런데 막상 20대 중반이 되고 나니 결혼하자는 사람도 없을뿐더러 결혼하고 싶은 사람도 없었다. 도무지 눈 씻고 찾아봐도 없었다. 20대 중반이 되면 당연히(무슨 수로?) 결혼하게 될 줄 알았는데. 나는 당황했다. 20대 후반에는 지금 결정이 평생을 좌우할지도 모른다는 두려움과 뭐가 되었든 간에 빨리 결론짓고 다음 챕터로 넘어가고 싶은 조바심 사이에서 갈팡질팡했다. 해야 할 게 많았고, 할 수 있는 게 많았다. 이제 뭘 좀 알 것 같은데 결혼이라니? 이제 뭘 좀 알 것 같으니까 합시다, 결혼! 사이에서 하루에도 수십 번씩 생각이 바뀌었다.

서른의 여름이었다. 그즈음 나는 '이제는 결혼해도 괜찮겠네' 단계였다. 모험보다 정착 쪽으로 무게 중심이 기울었다. 내가 할 수 있는 일이 내 기대보다 많지 않다고도 생각했다. 이제 다음 장으로 넘어가도 괜찮을 것 같았다. 결혼 가능 단계로 접어드니 사람을 보는 필터링은 점점 촘촘해졌다. 한마디로 까다로워졌다. 괜찮다 싶으면 뭔가 꼭 한 가지씩 마음에 걸렸다. 뭔가 꼭 하나씩은 쌔했다. 연예인들이 TV에 나와서 "남편(혹은 아내)을 처음 보자마자 저 사람이랑 결혼할 것 같은 느낌이 들었어요"라는 말을 할 때마다 "저기요, 선생님—. 그래서 그 느낌이 뭐냐고요!"를 외쳤다.

그런데. 남편을 만나며 느꼈다. '어라, 왠지 얘랑 결혼할 것 같은데?' 신기하게도 진짜 그런 마음이었다. 성격, 좋아하는 음식, 취향, 말하는 방식, 살아온 환경, 뭐 하나 맞아떨어지는 게 없는데도 말이다. 남편은 촘촘했던 내 필터링에 툭, 하고 걸려 퍽! 하고 필터링 자체를 박살 내버렸달까. 만날수록 안 맞는 점이 늘었는데도 만날수록 결혼할 거란 확신이 짙어졌다. 대체 왜 이 남자다 싶었을까.

우리는 짧게 만나고도 오래 만난 사이처럼 친근했다. 어떤 순간에는 연애라는 감정보다 이 관계가 우정인가 싶기도 했다. 남편 앞에서라면 있는 그대로의 나를 기꺼이 보여줄 수 있었다. 누군가를 세밀한 기준으로 판단하고 재고 따지는 나와 달리 남편은 그런 필터링 따위 없는 사람이었기 때문에. 늘 내가 나라서 좋다고 말해줬다. 그렇게 말해주는 남편이 오랜 벗처럼 편했다. 결혼을 한다면 이 남자랑 해야겠다 싶었다. 평생을 함께할 친구 같은 남편 말이다.

결혼을 향한 마음의 문이 열려 있을 때 곁에 있는 사람과 결혼하게 된다고 생각한다. 그 문이 열리는 시기가 서로 비슷하면 결혼할 확률도 높을 것이고, 그렇지 않다면 '언젠가', '언제쯤'이라는 불안정한 변인이 관계를 이리저리 비틀 수도 있다. 그리고 무엇보다 이런저런 상황 속에서도 흔들리지 않을 좋은 사람을 알아보는 눈은 경험치, 시간과 함께 성장한다. 지나간 좋은 인연들을 떠올리며(혹은 나쁜 관계들을 떠올리며) 후회할(혹은 자책할) 필요가 전혀 없는 이유가 바로 여기 있다. 그땐 우리 안목이 별로였거든. 별수 있나. 잊어버리자. 받아들일 수밖에.

남편을 20대 때 만났다면 어땠을까. 친구 같은 남편이 아닌, 문자 그대로 친구가 되었을 거다. 20대는 나나 남편이나 결혼해볼 마음부터가 생기지 않았을 시기였고 둘째로, 남편은 몰라도 20대의 난 그야말로 편견 덩어리였을 때니까. 이토록 나와 다른 사람과 평생을 함께한다는 건 있을 수 없는 일이었다. 나랑 성격이 비슷하거나(예민한), 좋아하는 음악이 비슷하거나(기분파), 입맛이 비슷해야(까다로운) 좋은 남자인 줄 알았다. 20대에는 좋은 사람을 알아보는 눈이 지독히도 없었다.

남편을 아슬아슬한 타이밍에 만났다. 조금만 더 일찍 만났다면 나는 남편을 놓쳤겠지. 알아보지 못했겠지. 내 편견 거름망을 부숴버린 남자는 지금 내 옆에서 열심히 게임하고 있는 저 양반이 처음이다. 아니 그래서, 이 남자랑 언제 결정적으로 결혼해야겠다고 마음먹었냐고요? 책장을 덮어 이 책의 제목을 다시 읽어주시길 바랍니다.

3부.

나도 내 신혼이 이럴 줄은 몰랐어

신혼집 변기가 막혔다

음…. 별 이야길 다 하는 것 같지만 우리 부부에겐 꽤 중요한 화두라 털어놓지 않을 수 없다. 생리현상에 관한 이야기다. 입주를 앞둔 어느 날이었다. 이케아 서랍장을 조립하기 위해 남편과 텅 빈 집에서 진땀을 뺀 어느 오후였다. 점심으로 떡볶이와 김밥을 시켜 먹고 찬 거실 바닥에 앉아 몇 시간을 끙끙거렸다. 갑자기 배가 아팠다. 정말 별 이야길 다 하고 앉아 있는 것 같지만, 난 우리 집 변기가 아닌 놈과는 내외하는 편이다. 어렸을 땐 바닥이 뻥 뚫린 시골 화장실에서도 잘만 풍덩풍덩 했는데 다 크고 나니 영 쉽지 않다.

아직 우리 손때가 묻지 않은 신혼집 화장실도 내겐 낯설었다. 참을 수 있을 때까지 참아봤다. 하지만 엄청난 신호가 온몸의 세포를 자극했다. 일촉즉발 위기상황. 난 화장실로 줄행랑쳤고 결과적으로 변기가 막혔다. 내 똥인데 내가 무서워 벌벌 떨고 있으니 남편이 화장실 문을 박차고 들어와 용맹하게 변기를 뚫었다. 수치심이 몰려와 주저앉았다.

"난 글렀어, 이제 다른 여자를 찾아보도록 해. 이슬만 먹고 사는 똥 안 싸는 여인을…."

아주 예전부터 나는 하늘이 두 쪽 나도 절대 남편과 방귀를 트지 않을 것이라고 호언장담했다. 원래 사람이란 뭔가 켕기는 구석이 있으면 목소리가 커지는 법. 난 프로 방귀꾼이다. 오죽하면 우리 엄마가 "너 설마 나가서도 그렇게 뀌니"라고 진심으로 걱정했을 정도니까. 그런데도 난 방귀 따위는 홀로 조용히 삭일 수 있을 거라고 대책 없는 자신감에 사로잡혀 있었다.

이런 자신감은 연애 시절 깡그리 무너졌다. 어느 날엔가 주차장 입구에서 남편을 기다리며 외마디 괴성을 (그곳으로) 내뱉었는데, 어찌 된 일인지 남편이 후방 주차를 하다 말고 갑자기 자지러지게 웃는 거다. 설마 방귀 소리가 저기까지 들렸나? 맞다. 들렸다. 차창이 시원하게 열려 있었다. 남편이 그날을 휴대전화 다이어리에 적어놓는 바람에 나는 1년에 한 번씩 '처음으로 방귀 뀐 날' 알람을 받는다.

결혼 후엔 서로의 방귀 냄새에 정색하며 화내기도 하고, 괴로움에 몸부림치기도 하고, 미안하다며 진심으로 사과하기도 한다. 내 똥까지 보여준 마당에 방귀쯤이야 뭐…. 물론 나도 남편의 흔적으로 혼비백산인 변기를 꽤 여러 번 뚫었다(내린 물도 다시 확인하자). 불과 1년 전만 해도 반려견 똥만 겨우 치우던 내가 변기를 뚫다니.

결혼 전 입 냄새 때문에 헤어진 적이 있다. 내 입 냄새는 아니고 상대방의 입 냄새 때문에. 다른 여러 방해 요소들이 있었지만 따지고 따지고 또 따지다 보면 결국 냄새 때문이었다. 구취를 감당할 만큼 그를 좋아하지 않았다. 유치하게 들릴 수 있겠지만 그땐 그랬다. 방귀 트기? 변기 뚫기? 가당치도 않은 일이었다.

남편의 목덜미에서 풍기는 퀴퀴한 냄새를 사랑한다. 피곤할 때마다 뿜어내는 텁텁한 냄새마저도 귀엽다. 정수리의 쿰쿰한 냄새, 땀내 전 발 냄새에서도 포근함을 느낀다. 그가 퇴근하고 돌아오면 품에 안겨 냄새부터 킁킁 맡는다. 일터에서 얼마큼 고생했는지, 간식으로는 무얼 먹었는지 냄새에서 단번에 읽힌다. 내가 없는 곳에서 보낸 그만의 시간을 냄새로 가늠한다. 냄새를 몰고 우리만의 공간으로 돌아온 남편이 더없이 반갑고 사랑스럽다.

결혼생활은 서로의 체취를 감당하는 행위라 생각한다. 피로의 냄새가 풍기기 시작할 때쯤 각자의 집으로 돌아가는 데이트 말고, 피로의 냄새와 함께 우리 집으로 향하는 일. 밤사이 수북이 쌓인 침 냄새와 머리 냄새를 맡는 바쁜 평일의 아침. 공중화장실 말고, 서로의 냄새가 밴 우리 집 화장실. 너와 나만이 아는 체취가 곳곳에 짙게 깃든 신혼집. 내가 나일 수 있고, 네가 너일 수 있는 곳. 부끄럽지만 솔직한 단상이다.

택배 박스와 가출의 밤

나는 결혼생활과 직장생활이 많은 면에서 닮았다고 생각한다. 어느 정도 역할 분담이 있고, 각자 업무를 수행하는 스타일이 다르며, 경제 활동과 비용이 수반된다. 옆자리 팀원보다 내가 야근을 더 많이 한다는 생각이 들면 슬슬 불만이 생기고, 손발이 맞아가기 시작하면 일의 효율이 한없이 높아지고 애사심도 커진다.

남편과 내가 꾸린 '우리 집'이라는 조직은 꽤 잘 굴러가는 듯 보였다. 자연스럽게 각자 자신 있는 분야를 맡았고, 여기에 큰 불만이 없는 듯했다. 적어도 택배 박스가 쏟아지기 전까진 말이다.

나는 이 좁디좁은 집에 이렇게나 많은 살림살이가 필요할 것이라고는 상상도 못 했다. 가전 가구를 알아보러 다니느라 지친 내게 결혼 선배가 "큰 살림은 애교야. 자잘한 살림 채우기 시작하면 그때부터 지옥문이 열리는 거야"라고 했을 때만 해도 그 말의 뜻을 정확히 이해하지 못했다.

선배 말은 사실이었다. 평생 겪어본 적도, 들어본 적도 없는 택배 지옥문이 아주 활짝 열렸다. 숟가락, 젓가락, 수건, 냄비 받침, 도마, 칼, 국자, 전자레인지, 양념통, 부엌 가위, 휴지걸이…. 두 명 살림에 뭐 이렇게 필요한 게 많은지. 매일 사도 매일 필요한 게 쏟아졌다. 이 모든 것은 택배 박스와 함께 우리 집을 점령했다. 기자는 비교적 출퇴근에서 자유로운 직업이다. 게다가 오후 7시 퇴근하는 남편보다 퇴근 시간이 빨랐던 나는 아무래도 집안일 직격탄을 더 온몸으로 맞았다. 그게 마음이 편하기도 했다. 남편이 퇴근하고 나서 함께 집안일을 시작하는 것보다 퇴근이 빠른 내가 1분이라도 먼저 일을 끝내고 1분이라도 함께 쉴 수 있는 편이 더 좋았다.

나는 퇴근하자마자 야근에 돌입했다. 매일 우리 집 초인종을 누르는 택배 박스를 뜯고 그 안에 든 살림살이들을 씻고 말리고, 제 위치에 정리했다. 그러고는 단 1초도 쉬지 못하고 저녁 식사를 준비했다. 정시에 퇴근해도 집에 오면 오후 8시인 남편. 신혼 초엔 야근도 잦았다. 남편이 회사에서 야근하는 동안 나는 집에서 야근했다.

남편은 냄비 받침, 국자, 도마는 크게 필요 없다고 생각하는 사람이었다. 배달 음식 시켜 먹고 라면 끓여 먹어도 충분히 건강한 삶을 영위할 수 있다고 믿고 있었다. 세세한 살림의 필요성과 공백의 불편함을 크게 못 느꼈다. 이케아에서 4,900원짜리 국그릇을 사겠다는 내게 국을 그렇게 자주 먹냐고 그릇이 꼭 필요하냐고 물어보는 사람이었으니까. 살림살이를 사용하는 사람은 나였고 없어서 불편한 공백은 주로 내가 메꿨다.

퇴근하고 매일 택배 야근에 시달리다 피로가 누적돼 난생처음 수액까지 맞은 어느 날이었다. 남편 역시 야근의 피로가 쌓여 심신의 컨디션이 좋지 않은 날이었다. 베란다에 쌓여 있는 택배 박스를 보며 남편이 한마디 했다.

"이거 좀 뜯어서 정리해놓으면 안 돼?"

이거 좀 뜯어서 정리하면 안 되냐고? 그 박스가 뜯겨 그 자리에 쌓이기까지 얼마나 많은 수고와 시간과 노력이 필요한지 알고는 하는 소리인가? 필요한 물건을 추리고 가장 적절한 가격, 후기가 좋은 상품을 찾아 주문하고 물건을 뜯고 정리하기까지의 수고는 모르는 건가? 그 박스들은 어제 네가 먹은 카레를 만드는 데 쓰인 국자와 도마를 정성스럽게도 품었던 것들이란 말이다, 이 사람아!

수액을 맞고 가까스로 회복된 기력이 한순간에 무너졌다. 한

달 내내 야근해서 만든 제안서를 어쩌다 한 번씩 들여다보기만 했던 동료로부터 '폰트를 왜 맑은 고딕으로 했어, 바탕체로 하질 않고'라는 안 들어도 될 소리를 들은 듯 참을 수 없이 불쾌했다.

"왜 말을 그렇게 기분 나쁘게 해? 박스 정리쯤은 자기가 해줘도 되잖아."

"기분 나쁘게 말하고 있는 건 자기인데? 그리고 정리하는 김에 마무리까지 다 하면 좋잖아."

영양가 없는 말들이 도돌이표처럼 집안을 맴돌았다. 연애 시절엔 미우면 각자 집으로 돌아가면 되었는데, 부부는 돌아갈 곳이 없다. 우리는 감정의 응어리를 풀지 못한 채 한 침대에 누웠다. 남편이 한숨을 푹 쉬었다. 또 내쉬었다. 너만 쉬냐, 나도 쉬었다. 잔뜩 화난 부부가 내뿜는 이산화탄소가 안방을 가득 채웠다. 나는 숨이 막혀 미칠 것 같았다. 거실로 나갔다. 이불을 깔고 눕자마자 안방에서 남편의 강펀치가 날아왔다.

"밖에서 자든가 말든가."

아니, 내가 알던 남편이 맞나? 원래 말을 저렇게 하는 사람이었나? 택배 정리하느라 고생했다는 말 한마디 해주는 게 그렇게나 싫은가? 이제야 본색을 드러내는 건가?

결혼 선배의 말이 생각났다. 신혼 초 남편이 너무 미워 이혼하고 싶었다고. '아씨, 결혼 망한 것 같은데'라는 생각에 매일 울었다고. 또 다른 유부녀 친구의 목소리도 들렸다. "나는 신혼집 하면 남편이랑 싸웠던 생각밖에 안 나."

원래 다 이런 건가. 다들 SNS에는 행복하다고만 하면서 뒤로는 이런 고충을 겪고 있었단 말이야? 오만 생각이 다 들었다. 에이씨, 나도 결혼 망한 거면 어쩌지, 신혼부부 전세 대출은 어쩌지, 일시 상환해야 하나, 엄마한텐 뭐라고 말하지. 너무 무서웠다.

무서움에 벌벌 떨던 나는 집을 나왔다. 남편이 너무 낯설었고 이 낯선 남자와 한집에 있기에 너무 두려웠다. 남편이 어딜 나가냐며 손목을 잡아당겼고, 나는 그게 너무 아파 더욱더 거세게 서러움이 복받쳤다. 질풍노도의 시기에도 안 했던 가출을 나이 서른 넘어 결혼하고 할 줄이야. 친정집 가는 버스에 올라탔다. 연애 시절 집에 들어가기 아쉬워 남편과 손을 잡고 빙빙 돌던 친정집 골목길을 어깨가 축 처진 채 걸었다. 그러다 정신이 퍼뜩 들었다. '아 맞다, 전세 대출 내 명의로 받았지….' 반려견들이 늦은 밤 찾아온 나를 속도 모른 채 반기고, 잠에서 깬 엄마는 왜 왔냐고 물어보지도 않고 침대 한 귀퉁이를 내줬다. 그렇게 친정집에서 뜬눈으로 밤을 새웠다.

나는 다음 날 우리가 어떻게 화해했는지, 내가 어떻게 집에 들어갔는지, 출근은 어떻게 했는지 잘 기억나지 않는다. 다만 확실한 것은 우리는 이제 적어도 집안일로는 얼굴 붉히며 싸우지 않는다는 거다. 남편은 내가 더 신경 쓰는 집안일에 진심으로 고맙다고 말해주고 나도 남편이 더 공들여 힘써주는 분야에 주목하려 애쓴다. 살다 보니 자연스레 둥글게 맞춰진 것 같다.

모르겠다. 훗날 육아라는 높은 산을 오를 때면 또 어떤 마음이 들지. 그때는 또 그때의 방법으로 손발을 맞춰보기로 한다. 상대가 마음 상하기 전 격무의 노고를 먼저 알아채주고 피곤함에 말이 엇나가더라도 조금은 너그럽게 받아들이기로. 오늘도 우리는 이렇게 결혼이라는 둘만의 조직을 꾸려나간다.

+20kg, 갈 곳 잃은 미니스커트

20kg이 쪘다. 가랑비에 옷 젖듯 정신 차려 보니 몸무게 앞 자릿수가 두 번 바뀌었다. 처음엔 그랬다. 모름지기 신혼이란 살 좀 쪄야 미덕 아니겠냐고. 번들거리며 빵빵하게 부은 볼살이 행복한 신혼의 증표라도 되는 듯 말했다. 물론 좋은 핑곗거리도 있었다. 신혼인 데다가 코로나로 인한 재택근무에 이젠 퇴사까지 했으니 살이 안 찌는 게 이상하지 않냐고 말이다.

그렇다고 운동을 전혀 안 했던 건 아니다. 헬스장에서 마스크를 쓰고 운동하는 건 도무지 엄두가 안 나서 나름의 운동 내공을 발휘해 간헐적으로 홈트레이닝과 개천 파워워킹을 했다. 하지만 너무 간헐적이었는지, 먹는 속도가 운동하는 속도를 앞질렀는지 몸무게가 꾸준히 우상향 곡선을 그렸다.

몸무게 앞 자릿수가 한 번 바뀌었을 때만 해도 "내가 다이어트 인생이 몇 년인데. 맘만 먹으면 이 정도는 그냥 빼. 나 참, 두고 봐!" 하고 자신감 넘쳤다. 이까짓 체지방 따위 언제든 마음만 먹으면 증발시켜버릴 수 있다고 목소리 높였다.

괜한 자신감은 아니었다. 체력 좋던 20대에는 하이힐을 신고 무거운 노트북과 함께 매일 세 시간 이상 걸었다. 지하철역에서 집으로, 다시 옆 동네로 사방팔방. 살이 좀 붙었다 하면 한

보름 빠짝 걸었고, 하루에 1kg씩 훌훌 털어내곤 했다. 이후에도 새벽 조깅, 웨이트, 발레, 필라테스, 저염식, 디톡스. 웬만한 다이어트란 다이어트는 다 해봤다. 이쯤 되면 거의 취미가 다이어트인 수준. 결혼식 준비하면서도 데이트로 찐 15kg을 단기간에 전체 삭제했다.

이랬던 나이기에 10kg쯤은 금방 빠질 가벼운 무게라고 자만했다. 하지만 앞 자릿수가 두 번 바뀌었을 땐 슬슬 겁이 났다. 난생처음 보는 몸무게에 어찌할 바를 몰랐다. 20kg이나 찌다니. 야식 메이트 남편의 몸무게에 정체기가 오자 괜스레 짜증까지 났다. 같이 먹고 왜 내가 더 빨리! 더 많이 찌는 것이냐! 오랜만에 만난 지인이 "임신했어?!"라고 물었을 땐 식은땀이 절로 났다.

20kg이나 찌니 도무지 입을 수 있는 옷이 없었다. 결혼 전 입던 치마엔 다리 한쪽도 안 들어가고 헐렁했던 티셔츠가 내의처럼 온몸을 타이트하게 감쌌다. 애써 청바지에 뱃살을 구겨 넣은 날에는 어김없이 체했고 터질 듯 딱 맞는 셔츠를 입은 날에는 어깨에 담이 왔다. 고무줄 치마, 펑퍼짐한 원피스에 몸을 맡

기는 날이 늘어갔다.

옷장 가득 자리만 차지하고 있는 옷들을 보고 있자니 속이 쓰렸다. 저걸 어떻게 입고 돌아다녔나 싶은 미니스커트, 늘씬한 청바지, 멋쟁이 재킷들이 옷장 문을 열 때마다 아우성쳤다. 제발 좀 입어달라고. 옷장 밖으로 나가고 싶다고! 애써 외면하며 고무줄 옷을 집어 든다. 아, 미니스커트와 이별해야 한다면 지금이 아닐까. 아무리 살을 뺀다 한들 저 옷들을 다시 입진 않을 것 같은데. 이미 내 몸은 고무줄 치마의 안락함에 길든 것을….

팔 옷을 추려 당근마켓에 올렸다. 옷이 팔릴 때마다 추억도 함께 팔리는 것 같아 괜히 궁상을 떨기도 했다. 옷은 잘 팔렸다. 시도 때도 없이 '당근—!' 알람이 울렸다. 살찐 값, 추억을 판 값으로 30만 원을 벌었다.

이대론 안 되겠다 싶어 다시 다이어트 채찍을 들었다. 일단 금주부터 하는 걸로. 파워워킹 끝에 남편과 마시는 맥주의 달콤함을 잠시 잊는 것으로. 떡볶이는 월 1회로 제한하는 것으로(아예 안 먹겠단 소린 못 하겠다).

이 글을 쓰는 지금, 남편은 "진짜 맛있어. 제발 한 입만 먹어

봐"라며 바나나 맛 초코파이를 들이민다.

"사탄아, 물러가라!"

남편이 낄낄 웃는다. 에휴. 프로 다이어터에게도 신혼은 너무나 높은 산이다.

바비브라운이여 안녕

꾸미는 일에 흥미를 잃었다. 손바닥만 한 티셔츠를 보면서는 이게 사람 옷인가 싶고, 나풀나풀한 원피스는 보기만 해도 거추장스럽다. 집에서는 주로 트레이닝 복이나 펑퍼짐한 스웨트 셔츠를 입고 있다. 남편과 아주 가끔 데이트할 때도 운동화에 점퍼를 입고 나간다. 트위드 재킷과 딱 붙는 바지를 입고 빨빨거리며 돌아다니던 때가 전생처럼 아득하다.

옷에 관심이 주니 자연스레 화장도 시들해졌다. 마스크로 얼굴을 가리고 다니는 탓도 있겠지만 도톰한 후드티를 입고 반짝거리는 아이섀도를 눈에 바르는 건 영 어색하다. 조거 팬츠에 스틸레토 힐을 신는 것만큼이나 이질적이다. 마지막으로 눈썹을 다듬은 게 언제인지 기억도 안 난다. 한 달에도 몇 번씩 베네피트 브로우 바에 앉아 눈썹 왁싱을 하던 나였는데 말이다. 지금은 없어진 광화문 베네피트 브로우 바의 단골이었다. 유리창 밖으로 사람들이 쳐다보거나 말거나 벌게진 눈썹을 하고 의자에 앉아 있었다. 지금으로서는 상상도 할 수 없는 일이다.

옷만큼이나 화장품을 좋아했다. 게다가 나는 평균 이상의 수집광 면모까지 있어서 뭐 하나에 빠지면 종류별로 모아야 한다. 중학생 때까지는 엄청난 잡지광이었다. 〈신디 더 퍼키〉,

〈유행통신〉, 〈쎄씨〉, 〈에꼴〉, 〈휘가로〉, 〈키키〉를 매달 사 모았다(지금은 전부 폐간된 잡지들). 수집 변천사로 말할 것 같으면, 잡지로 시작해 테이프, CD, 책, 향수로 종류를 달리하며 수집욕을 채웠다. 20대 중반 이후부터 결혼 전까진 화장품이 그 대상이었다. 가을 웜톤(대충 노르스름한 얼굴이라는 뜻)인 나는 온갖 살구색, 연분홍, 갈색 계열의 색조 화장품을 사 모았다. '하늘 아래 같은 색은 없다'라는 말을 잠언처럼 가슴에 새기고 어딘가에 있을 완벽한 '그 색'을 찾기 위해 동분서주했다.

결혼 전 신혼집으로 갖고 갈 물건을 추릴 때 가장 괴로웠던 순간은 내가 사 모은 화장품과 직면했을 때다. 정리하다 보니 내가 봐도 너무한 수준이었다. 바비브라운 아이섀도 토스트(토스트는 색상 이름이다), 맥 아이섀도 소바(소바 역시 색상 이름이다), 로라 메르시에 아이섀도 진저(진저도 색이름…)와 같은 음영섀도가 화수분처럼 계속 나왔다. 안 그래도 그늘진 얼굴에 무슨 음영을 주겠다고 난리였는지. 한두 번 쓰고 다시는 손대지 않은 아이섀도가 한 상자, 입술에 갖다 대지도 않은 립스틱이 무더기로 쏟아졌다. 색상표 수준으로 미세하게 다른 색조 화장품들을 보며 망연자실했다. '나 왜이랬지?'

그 가운데 자주 쓰는 몇 가지만 추려 신혼집으로 왔다. 그마저도 결혼 후 거의 안 쓰다 보니 마스카라는 굳어서 떡이 되었고, 파운데이션도 돌이 되었다. 아이섀도는 말해 뭐 해. 얼마 전까지만 해도 내 얼굴 위에서 찬란히 빛을 내던 화장품들이 이젠 그냥 유통기한 지나 바스락거리는 쓰레기가 되어버린 거다. 큰마음 먹고 다시 또 추리기 시작했다. 잘 가 바비브라운, 즐거웠다 맥, 고마웠어 나스. 창피하지만 눈물이 찔끔 났다. 화려하진 않았지만 아주 가끔은 반짝거렸던 싱글 라이프가 진짜로 막을 내린 것 같아서. 이제 나 화장할 수 없는 사람이 되어버린 건가. 꾸밈보다 집안일이 재밌어진 걸까. 그런 걸까.

20대 때 아르바이트하는 곳이나 학원에서 만난 40대 언니들을 보면 신기했다. 왜 아이섀도를 겹겹이 바르지 않지? 왜 광대와 이마, 코끝에 하이라이터를 바르지 않지? 왜 파운데이션 없이 선크림만 바르는 거지? 왜 화장이라고는 립스틱만 진하게 바르는 거지?! 그땐 그게 게으름 때문이라 생각했다. 20대보다 40대에 더 가까운 나이가 되니 알겠다. 그건 게을러서가 아니라 일단 첫째로 20대만큼 화장에 쏟아부을 시간이 없을뿐더러 두 번째로는 자신감에서 우러나온 노메이크업이었던 거다. 탄탄하고 건강한 피부에 대한 자신감!

꾸밈 노동이라는 말과 그 말에 뒤따르는 목소리에 온전히 공감하지는 않는다. 남을 위한 꾸밈, 꾸밈의 강요는 분명 불편한 일이지만 내가 좋아서 하는 꾸밈도 분명 존재한다. 어느 드라마에선가 중년의 주인공이 화장은 나이 든 여성에게도 엄청난 놀이라는 말을 했다. 맞다. 나이를 떠나 화장은 분명 산뜻한 유희를 주는 놀이이자, 취미이자, 흥미일 수 있다. 그리고 결혼 전까지만 해도 나 역시 꾸미는 행위를 즐기면 즐겼지, 힘들어하진 않았다. 하지만 꾸미는 일에 흥미를 잃고 나자 모든 게 신기하리만치 단출해졌다. 외출 준비 시간도 반으로 줄었고, 옷장 여백도 늘었다. 꾸미고 치장하는 일에 쓰던 돈을 차곡차곡 모았다. 이 변화가 싫지 않다. 꾸미는 일이 내게 더는 즐거움을 주지 않는 게 분명했다.

남편에게는 말하지 않았지만 요새 한 가지 목표가 생겼다. 20대만큼의 꾸미는 품 없이도 여유 있고 빛나는 40대 되기. 운동으로 다져진 탄탄한 몸과 밝게 차오르는 피부. 화장하지 않아도 혈색 있어 보이는 얼굴. 여기에 적당히 빳빳한 흰색 셔츠,

빈티지한 멋의 짙은 청바지를 무심하게 툭 입으면 보기 좋겠다. 편하지만 멋스러운 드라이빙 슈즈도 신으면 괜찮겠네. 가만 생각해보니 이왕이면 립스틱은 경쾌한 빨강이었으면 좋겠다. 너무 짙지도, 너무 옅지도, 너무 쨍하지도, 너무 유치하지도 않은 빨강. 하늘 아래 같은 색은 없는 법. 인생 레드 립스틱을 찾아 화장품 매장을 들쑤시고 다니는 40대의 내가 불현듯 머리를 스친다. 화장대 가득 립스틱으로 빨간색 색상표를 그리고 있을 내가 떠오른다. 어쩌지? 몰라. 그건 그때 가서 다시 생각해보기로 하자.

여전히 아름다운지

싫어하는 농담이 있다. "가족끼리는 스킨십하는 거 아냐." 왜 꼭 이런 농담을 할 땐 어깨 가득 허세가 들어 있을까. 질색하며 싫어하는 농담이지만, 내심 이런 말에 겁먹곤 했다. 혹시라도 남편이 결혼하자마자 '스킨십 가족 불가론'을 들이밀까 봐 아주 조금 진지하게 걱정했던 것을 고백한다.

다행히 이는 기우였다. 스킨십 가족 불가론은 우리 부부에겐 해당 사항 없는 이야기였다. 남편은 이 좁은 집에서도 내 뒤꽁무니를 졸졸 쫓아다니며 찰싹 붙어 있고, 나 역시 남편이 뭔가에 골몰할 때면 그의 팔뚝에 매미처럼 매달려 있다. 남편은 왜 꼭 몰두해서 뭐 할 때만 애교 부리냐고 투덜거리는데, 어쩌겠는가. 남편은 집중할 때가 제일 멋있는 것을. 친정집에서도 틈만 나면 꽁냥대는 우리 부부를 보며 엄마는 신기하다는 반응이다. 내게 대놓고 물어본 적도 있다.

"내 딸이지만 깜짝 놀랄 만큼 예쁜 얼굴은 아닌데. 얘, 너 요새 살까지 쪄서 아주 그냥 얼굴이 달덩이야. 구 서방은 도대체 너 어디가 그렇게나 예뻐 죽겠다니?"

확실히 내 직설 DNA는 엄마에게서 왔다. 나도 몰라 엄마…. 내친김에 남편에게 물어봤다. 결혼하고 무려 20kg이나 살이

찌고, 요새 화장도 거의 안 하고, 집에서 목 늘어난 티셔츠 입고 방귀 뿍뿍 뀌고 앉아 있는 내가 어디가 그렇게 예쁘냐고. 남편은 “몰라. 그냥 난 자기가 자기라서 좋아”라고 인류애적 모범답안을 꺼내 들었다. 어딜 빠져나갈 궁리를! 재차 꼬치꼬치 캐묻자 남편은 한참 눈알을 굴리며 고민하더니 “눈이 좋아”라고 겨우 세부 답안을 내놓았다.

나도 남편이 남편이라서 좋다. 톡 튀어나온 이마도 예쁘고, 얇게 찢어진 눈매와 입매도 사랑스럽다. 통통한 팔뚝과 도톰한 손, 넓은 어깨도 듬직하다. 이 모든 게 남편이라 좋다. 트림하고 방귀 뀌고 코를 후비적거려도 좋은 사람은 남편이 유일하다.

20대 때에는 남자친구 앞에서 모든 게 완벽해야 한다고 믿었다. 특히 외형적으로 항상 깔끔한 상태를 유지해야 한다는 강박 비슷한 것이 있었다. 그런 이유로 가방 한가득 온갖 살림살이를 다 짊어지고 다녔다. 칫솔, 치약은 물론 치실에 가글, 혓바닥 클리너도 필수였다. 데오드란트와 향수, 수정 화장을 위한 여분의 파운데이션과 마스카라, 아이라이너, 면봉, 메이크업 브러시까지 빠지지 않고 챙겼다. 여행을 떠날 때면 내가 평소에 쓰는 샴푸와 샤워젤까지 따로 들고 갔다. 늘 내게서 나던 향이 나야 하니까(진짜 유별났다). 옷이 구겨진 날이면 종일 옷 주름이 신경 쓰여 울적하기도 했다.

내가 이렇게까지 유난스러웠던 것에는, 고등학생 때 TV에서 보았던 한 연예인 잉꼬부부의 한마디가 결정적이었다. 잉꼬 아내는 집에 있을 때도 화장한다고 했다. 아무리 바빠도 선크림이라도 꼭 바른다고. 잉꼬 남편은 그런 아내가 여전히 아름답고 설렌다며 눈빛을 반짝거렸다. 요즘 부부들은 저렇구나! 우리 부모님 세대와는 완전 다르네. 그날 이후 배우자, 연인 앞에서 늘 완벽히 정돈된 모습이어야 한다는 정체불명의 신념이 생겼다. 잘못 입력된 잉꼬부부의 한마디가 10년 넘게 엉뚱한 방향으로 나를 지배했던 거다. 지금 생각해보면 잉꼬 아내가 집 안에서까지 선크림을 바른 이유는 집이 통창이어서 그랬던 것 아닐까 조심스레 추측해본다. 여하튼.

나는 손에 경증의 다한증이 있어서 손잡는 것보다 팔짱 끼는 걸 좋아해왔다. 하지만 남편은 땀으로 축축한 내 손을 보송한 아기 손 대하듯 소중하게 폭 잡아줬다. 왜 이렇게 손에 땀이 많냐고 묻지 않아서 고마웠다. 그때마다 남편에게서 끝없이 깊은 사랑을 느꼈다.

내가 남편에게 여전히 아름답진 않겠지만, 여전히 사랑스러운 존재여서 다행이다. 연애 시절 풋풋함은 어느새 사라졌지만, 지구상 그 누구보다 편안하고 아늑한 관계. 못나고 지저분한 날에도 서로에게 입 맞출 수 있는 유일한 사이. 우리가 우리라서 좋다.

두 이불 덮는 사이

우리 부부는 이불 두 개를 덮는다. 남편은 (당연하게도) 여름에 더워하고, 겨울에 추워한다. 나 같은 경우는 삼복더위 직전까지 전기장판을 틀고 솜이불을 덮으면서, 정작 겨울엔 너무 두꺼운 이불은 답답해한다. 그래서 우리는 어쩔 수 없이 이불 두 개를 각자 덮는다. 처음엔 두 이불 덮는 것에 일말의 죄책감을 느꼈다. 모름지기 부부라면 한 이불 덮는 사이 아니냐며. 신혼인데 벌써 이래도 되냐며. 내가 좀 희생할까, 생각도 들었다. '결혼생활은 곧 희생'이라는 그럴싸한 말을 어디에선가 본 것 같은데 지금이 바로 그 희생 타임 아닐까 하고. 그러기엔 여름 홑겹 이불은 내게 너무 으슬으슬 추웠고, 겨울 솜이불은 숨 막히게 더웠다. 희생하기엔 수면의 질이 너무 떨어졌다. 그냥, 한 지붕 두 이불로 결론 내렸다.

두 이불을 덮는 것이 처음엔 어색했지만 사계절 지내보니 출처 불분명한 죄책감 외에는 장점이 훨씬 많았다. 일단 양질의 수면이 확보된다. 남편이나 나나 둘 다 잠귀깨나 밝은데, 두 이불을 덮으니 상대방의 이불 퍼석거리는 움직임과 소음에 선잠 잘 일 없어 좋았다. 꿀잠의 필요조건인 맞춤형 온도 설정 역시

두 이불로 누릴 수 있는 장점이다. 각자 최적의 온도를 유지해 주는 이불을 덮고, 그 어떤 방해 없이 숙면을 취한다. 두 이불로 찾은 수면 천국이다.

두 번째로는 각자 공간이 확보된다는 점이다. 그렇게 확보한 공간 속에서 몰래 가스를 배출해도 나만 움직이지 않으면 완전 범죄가 가능하다. 우리 부부는 둘 다 무자비한 방귀꾼들인데, 제아무리 방귀꾼이라도 남의 방귀 냄새는 싫은 법이다. 한 이불 덮을 적엔 나의 기관지가 걱정된 적이 한두 번이 아니다. 아, 진짜 이건 좀 아니지 않나, 싶은 냄새를 이제 남편 혼자 뀌고, 혼자 맡으면 끝. 물론 나도 마찬가지이고. 공간이 나뉘니 좋은 건 독자적 방귀 시스템뿐만이 아니다. 잠들기 전 남편 이불에 쏙 들어가 온기를 나눠 받고 다시 내 이불 속으로 쏙 들어오는 게 꼭 연애 시절처럼 설렌다. 데이트 끝내고 집 앞에서 아쉽게 헤어지는 기분. 하지만 지금은 바로 내 옆에 있다는 안도감을 동시에 느끼니 더없이 좋다. 이불 영역 다툼도 필요 없다. 그냥 내 이불을 원 없이 덮으면 된다.

거실에서 각자 할 일 하다 밤이 깊어지면 방으로 가 이불 두 개를 푹 덮는다. 이불 속에서 손만 빼꼼히 내밀고 SNS에서 발견한 재밌는 걸 공유하고, 오늘 우리를 화나게 했던 사람들 흉도 보고 편도 들어준다. 그러다 피곤해지면 남편 이불 속으로 놀러 가 손 마사지를 받는다. 나는 남편 등을 벅벅 긁어준다. 그러곤 다시 내 이불 속으로 휙 건너가는 매일 밤. 두 이불 덮지만 더할 나위 없이 다정한 우리 부부다.

가끔은 남편이 야근했으면 좋겠어

아빠는 몇 년 전부터 일 때문에 1년에 6개월은 파주에, 6개월은 서울집에서 지낸다. 파주에 있는 동안 엄마와 아빠는 주말부부. 두 분이 35년 결혼 역사상 이때만큼 금실이 좋았던 적이 없다. 그야말로 금실 전성기, 금실 황금기, 금실 르네상스. 아빠의 파주 거주 시즌에는 엄마는 매일 아빠를 그리워하고, 아빠는 엄마를 매일 보고파 한다. 엄마가 파주에서 주말을 보내고 서울행 버스를 타는 날, 아빠는 정류장까지 마중 나간다. 그리고 사택으로 홀로 돌아올 때면 휴가 마치고 복귀하는 군인의 심정이라고 했다. 역시 부부한테는 부부밖에 없다고, 마누라가 최고라고. 나는 이 말을 처음 들었을 때 귀를 의심했다. 아빠가 저런 말도 하게 되다니. 주말부부 효과 엄청난데?

반면 아빠가 서울집에서 지내는 6개월은 마치 우리 부부의 신혼 극초기 모습을 보는 것 같다. 엄마는 아빠가 밥 먹고 바로 양치하지 않는 걸 못 참겠다고 괴로워하고, 아빠는 아침저녁으로 청소기 돌리는 엄마를 못 견뎌 한다. 엄마는 아빠가 거실 TV 리모컨을 꿰차고 야구만 보는 바람에 연속극을 못 본다고 불만이다. 아빠는 야구 보는데 엄마가 자꾸만 말 시킨다고 툴툴거린다. 엄마는 아빠가 강아지들한테 몰래 먹을 걸 준다고 화내고, 아빠는 엄마 때문에 강아지들이 기가 죽었다고 반박한다. 나는 파주 비시즌 때의 엄마 아빠를 보면 웃겨 미치겠다. 그리고 아빠가 하는 말이 히트.

“아빠는 월요일이 가장 좋다. 네 엄마 출근하는 월요일이.”

아빠는 엄마가 출근하고 나면 집안일, 강아지 뒤치다꺼리를 끝내놓고 ‘혼자 조용히 영화 한 편 때리는 시간’이 무척이나 행복하다고 했다. 주말 내내 엄마와 붙어 있는 동안에는 느끼지 못하는 조용한 힐링 타임이라고.

이런 면에서 나는 아빠의 ‘나 홀로 집에’ 유전자를 그대로 이어받았다. 나에게는 나 홀로 시간 할당량이 있다. 일주일에 하루는 온전히 혼자 있어야 하고 평일에도 최소 두 시간은 나 홀로 타임을 만끽해야 한다. ‘데이트가 피곤해서’ 결혼한 까닭도 이 할당량을 채우지 못해서였다.

결혼하니까 데이트 때문에 피곤할 일 없어서 좋았는데 나 홀로 시간 할당량은 여전히 채워지지 않았다. 남편은 왜 나가서 친구를 안 만날까. 남편은 왜 조기축구를 안 할까. 왜 뭐든 나와 함께 하려 할까. 안다. 이게 다 행복한 투정임을. 하지만 나 홀로 집에 유전자를 가진 독자분들이라면 나의 심정을 이해해주리라 믿는다. 교복 입던 시절, 친구들이 화장실에 같이 가자고 할 때 가끔은 따라가기 싫었다. 일단 나는 화장실에 용무가 없고, 혼자 제티를 마시면서 붕어빵 타이쿤이나 하고 싶거든. 하굣길 버스를 친구와 함께 타는 것도 종종 귀찮았다. 혼자 라디오 〈음악도시〉를 들으며 감상에 젖고 싶거든. 적고 보니 사회성이 몹시도 결여된 사람인가 싶지만 그런 건 아니고, 0교시부터 야자까지 10분 정도는 혼자 있고 싶은 마음, 일주일에 하루 이틀 정도는 혼자 차창에서 고독을 즐기고 싶은 마음이었다.

어느 날엔가 남편의 야근을 내심 기다리고 있는 나를 발견했다. 번잡스럽게 저녁밥 안 차려도 되고, 혼자 두유 파스타니 모짜렐라 샐러드니 하는 것들을 먹으며 유튜브 여행 영상을 틀어놓는 일. 밥 먹는 것마저 귀찮으면 좋아하는 음악을 들으며 차나 한 잔 홀짝이고 책장을 넘기는 일. 그러다 심심해질 즈음이면 야근을 마치고 돌아오는 남편. 이 모든 걸 즐길 수 있는 남편의 야근이 기다려지자 내심 죄책감이 몰려왔지만, 이미 나 혼자 타임의 단맛을 알아버린 나였다.

나 혼자 타임을 나 혼자 즐긴 것은 아니다. 내가 밤늦게까지

작업하는 날이면 남편은 처음엔 심심해하는 것 같더니만 점차 〈백종원의 골목식당〉, 〈가짜사나이〉를 틀어놓고 낄낄거리거나 게임기를 들고 TV 속에 빠져들듯 나 혼자 타임을 누렸다. 내가 결혼하고 처음으로 친정에서 하룻밤 자고 왔던 날에는 남편 혼자 피자에 콜라까지 벌컥벌컥 흡입하며 잔소리 없는 저녁을 즐겼다.

서로가 홀로 있는 꿀맛을 알아버린 후, 우리는 상대방 모르게 은근슬쩍 해결책을 마련했다. 남편은 안방에 자그마한 책상을 놓더니 그곳에서 내가 혼자 조용히 책 읽고, 작업할 수 있을 것이라며 나보다 본인이 더 행복해했다. 내가 방에 있는 사이 남편은 내 잔소리 없이 게임에 열중한다(내가 모를 줄 알았지?). 나는 남편에게 비싼 노트북을 사주며 내가 최고지? 큰소리 뻥뻥 쳤다. 내가 안방 책상에서 글을 쓰고 책을 읽는 동안 남편은 날 찾지 않고 혼자 노트북으로 이것저것 한다(이건 몰랐지?). 은밀한 일타이피, 은근한 일거양득.

그렇게 나 혼자 타임 할당량이 채워지자 행복 지수가 거침없이 상승세를 타기 시작했다. 월요일을 기다리는 아빠의 마음, 고독의 하굣길을 갈망했던 감성 충만 고등학생이 내 안에 있다. 언젠가 아이가 생기더라도, 그 아이의 아이가 생기더라도 나는 내 시간을 사수하고 싶다. 하루에 단 몇 분이라도 말이다. 제발 그럴 수 있을 거라 희망을 주세요, 결혼 선배님들.

검은깨 트라우마

평화롭던 여름날 불청객이 찾아왔다. 작고 까맣게 생긴 불청객은 집안 곳곳을 들쑤시고 다녔다. 이놈의 정체가 뭔지 도무지 모를 일이었다. 낮에 시원하게 물 한 잔 들이켜며 TV를 보고 있으면 컵 위에 밉살맞게 찰싹 붙어 앉아 있다. 어디 컵뿐인가. 식탁, 벽, 옷장, 바닥, 냉장고 위까지 모조리 점령하고 세를 넓혀갔다. 처음엔 바퀴벌레 새끼인가 싶었는데 유심히 살펴보니 그건 아니었다. 무서운 속도로 12평 아파트를 점령하던 이놈은 사람을 물기까지 했다. 안 그래도 여름이라 맨살이 드러날 일이 많은데, 머리부터 발끝까지 야무지게도 물어댔다. 처음엔 가렵다가 몇 번 벅벅 긁다 보면 어느새 벌겋게 부풀어 올랐다. 따가워 잠을 잘 수 없을 지경이다.

놈의 정체는 권연벌레였다. 주로 습한 여름에 건조한 장소를 귀신같이 찾아내 터를 잡고 번식하는 벌레란다. 분명 놈의 진원지가 있을 테니 잘 찾아보라는 절규에 가까운 글들을 인터넷에서 심심치 않게 찾을 수 있었다. 그러면서 마른 고추, 건파슬리, 싱크대 밑에 굴러 들어간 고구마 조각, 실온에 둔 밀가루에 권연벌레가 알을 깠다고 질색하는 목소리들이 게시판을 가득 채웠다. 또, 권연벌레는 향을 좋아하기로 유명해 디퓨저를 조심하라는 살림 선배들의 당부도 제법 의미심장하게 다가왔다.

그 가운데서도 권연벌레가 유독 좋아하는 핫플레이스가 있었으니. 바로 드라이 플라워다. 꽃을 예쁘게 말린 뒤 향을 뿌려 방향제의 역할까지 하는 드라이 플라워. 권연벌레가 눈 돌아가게 좋아하는 아지트다. 나로 치면 백화점 1층 정도 되려나. 쾌적하고 향기 가득한. 맙소사. 우리 집엔 드라이 플라워가 거실 서랍장 위에 떡하니 한 자리 차지하고 앉았었다. 잡았다, 요놈!

※ 주의! 벌레를 싫어하시는 독자분들은 책장을 넘겨 이 글의 마지막 문단만 읽으세요. 벌레를 싫어하지 않는 사람이 어디 있을까 싶지만요….

드라이 플라워 안에 권연벌레가 덕지덕지 붙어 있었다. 맙소사. 누가 여기에 검은깨를 솔솔 뿌려놓았니. 이게 무슨 일이야. 나는 말을 잇지 못한 채 꽃을 쓰레기봉투에 넣고 밖에 내다 버렸다. 그렇게 권연벌레 씨를 말린 줄 알았는데, 그랬는데….

꽃을 치웠어도 권연벌레는 사라지지 않았다. 사라지기는커녕 습해지는 날씨와 함께 더 자주 출몰했다. 디퓨저도 버리고, 밀가루도 버리고, 파슬리까지 싹 다 치웠는데도 말이다. 스트레스, 정확히는 분노가 머리끝까지 차올랐다. 다리는 권연벌레한테 물려 온통 상처투성이고 하루에도 수십 번씩 컵에 달라붙은 권연벌레 죽이기로 시간과 에너지를 낭비해야 했다. 이름도 생소한 벌레 때문에 내가 왜! 안 그래도 더워 죽겠는데 대체 왜! 너까지 왜! 왜! 왜!

발본색원해야겠다. 범인은 의외의 장소에 알을 깠을지 모른다. 차분히 처음부터 다시 생각해보자. 문득 드라이 플라워가 있던 서랍장에 눈이 갔다. 드라이 플라워는 티백을 모아둔 종이 상자 위에 있었다. 저거다! 저기다! 저기에 놈이 있다! 티백 상자를 열었다. 아니나 다를까 아… 차마 글로 쓸 수 없다. 못 볼 꼴을 보고 만 거다. 참혹했다. 나는 목이 쉬도록 소리를 지르며 티백을 쓰레기통에 집어 던졌다. 내가 본 게 꿈이 아닌 현실이라니. 믿기 힘들었다. 그럴 순 없었다. 이런 게 우리와 내내 같이 살고 있었다고? 에이, 설마. 농담이지. 꿈일 거야. 충격이 가시자 다시 공포가 찾아왔다. 나는 꽥꽥 소리를 질렀다. 화장실에 있다 놀란 남편이 무슨 일이냐고 뛰쳐나왔다. 티백 안에 권연벌레 덩어리와 애벌레들이 꿈틀꿈틀 기어 다니고 있었다고 하니 남편은 믿지 않았다. 믿기 어렵겠지. 나도 믿고 싶지 않으니까.

이런 일이 처음은 아니다. 결혼 전 새벽까지 일하다가 다리가 간지러워 아래를 보았더니 손바닥만 한 바퀴벌레가 종아리를 타고 기어 올라온 적이 있었다. 그때도 나는 관악구 일대가 떠나가라 괴성을 지르며 펄쩍펄쩍 온 집 안을 뛰어다녔다. 자다 깬 엄마가 안방에서 부스스한 얼굴로 나와 휴지를 들고 내 방으로 유유히 들어갔다. 거실에서 전위적인 몸부림과 함께 소리 지르고 있는 30대 딸에게 이렇게 말하며.

"아주 그냥 요란도 정도껏 부려야지. 아주 한 번씩 저럴 때마다 놀라 죽겠어, 아주 그냥. 바퀴벌레가 놀라서 벌써 죽었겠다, 얘. 덩칫값도 못 해 아주 그냥."

어머니, 바퀴벌레 앞에서 덩칫값이란 없습니다. 뒤따라 나온 아빠도 맹비난에 가세했다.

"적당히 해라, 적당히 해. 지금 시간이 몇 신데."

한참 뒤 바퀴벌레 사체를 들고나온 엄마가 말했다.

"크긴 크네. 잡았으니까 법석 부리지 말고 빨리 자, 이 지지배야."

남편에게 이 이야기를 해줬더니 "바퀴벌레가 손바닥만 하진 않았을 거야" 하고 안 믿는 눈치지만 진짜 손바닥만 했다니까. 이번에도 남편은 티백에 권연벌레가 그렇게까지 많진 않았을 거라고 나를 달랬다. 독자 여러분의 정신 건강을 위해 내가 본 권연벌레 대참사 현장을 자세히 묘사하지 못하는 게 원통할 뿐이다.

하여간 티백이 권연벌레의 온상지였던 거다. 드라이 플라워와 티백의 조화라니. 없던 권연벌레도 생길 판이었다. 하지만 권연벌레는 정말 지독한 놈이었다. 단단한 틴케이스 안에 있던 찻잎에도 번식욕을 제멋대로 발산했다. 남편 없이 혼자 있을 때 틴케이스를 열어보았던 나는 '내가 지금 놀라 나자빠져 이걸 바닥에 떨어트리면 아주 그냥 그게 바로 지옥인 거야 지옥'을 속으로 삼키며 놈들의 번식 현장을 조용히 처단했다. 난리 블루스였던 그 여름이 내게 남긴 것은 극심한 검은깨 트라우마. 한동안 깨만 봐도 자지러지게 놀랐다.

친정집에도 연애 시절 남편에게 받은 드라이 플라워가 한가득 있다.

“엄마, 이 꽃에 벌레 없어?”

“어. 없는데?”

“그럴 리가 없는데. 엄마 이거 버려, 벌레 생겨.”

“넌 또 무슨 벌레가 있다고 그래. 얘, 너는 왜 이렇게 벌레도 잘 봐 잘 보기는.”

“아, 우리 집 한바탕 난리였다니까.”

“난리는 네가 피웠겠지. 안 봐도 뻔하다, 얘.”

엄마에게 권연벌레 박멸기를 들려주고 싶었지만, 십중팔구 엄청난 잔소리와 덩칫값 무쓸모 비난이 쏟아질 것을 알기에 입을 다물고 드라이 플라워를 째려볼 뿐이었다.

자, 그래서 결론은 1. 드라이 플라워는 웬만하면 여름에 사지 마세요. 2. 티백은 웬만하면 냉장고에 보관하세요. 3. 드라이 플라워와 티백은 무슨 일이 있어도 함께 두지 마세요.

동거를 했더라면

종종 생각한다. 우리가 결혼이 아닌 동거를 했더라면 어땠을까, 하고. 그랬다면 어땠을까. 아내, 남편이라는 무게 없이 산뜻하게 지낼 수 있었을까. 피곤한 데이트는 데이트대로 안 하고, 일상은 일상대로 공유하면서도 부부라는 부담스러운 타이틀이 없으니 더 가뿐한 마음으로 행복했을까. 언제나 생각의 끝엔 '결국 헤어졌을 것'으로 마침표를 찍는다. 나는 아마 중도 포기했을 거다. 이토록 다른 남편과 나 사이를 극복하지 못하고, 아니 극복할 시도조차 해보지 않고 백기를 들었을 거다. '우린 역시 안 맞는 것 같아.' 서둘러 짐을 챙겨 떠났을 테다. 나는 아무래도 결혼 체질은 아닌 것 같다며 비혼주의자의 길을 걸었을 것을 확신한다.

결혼생활엔 수습 기간이 없다. 회사와 직원이 서로를 평가하며(물론 대체로 선택의 권한은 회사에 있지만) 이곳이, 이 사람이 나와 맞는지를 확인할 수습 기간이란 게 존재하지 않는다. 당장 결혼식을 치를 상황이 안 돼 택한 동거가 아닌, 일단 살아보고 결혼하려고 택한 수습 기간 격 선택이라면 나는 반대하고 싶다. 그러곤 묻고 싶다.

"불지옥을 맛보더라도 현관문을 뛰쳐나가지 않을 자신 있으세요?"

우리는 결혼식 치르기 열 달 전 혼인신고부터 했다. 그렇게 반년 넘게 동거 아닌 동거처럼 지냈다. 가까운 사람들이야 내가 곧 결혼할 것을 알고 있었지만, 대부분은 몰랐다. 그 열 달 동안 지겹도록 싸웠다. 좋았던 시기도 있었지만, 대체로 싸웠던 기억뿐이다. 그때마다 나를 괴롭혔던 것은 '아, 혼인신고를 안 했다면', '아, 전세 대출을 안 받았다면' 하는 이기적인 가정법이었다.

연애할 때 서로 안 맞았던 지점들이 같이 살고 나니 잠들기 직전까지 나를 따라다녔고, 3년 넘게 보이지 않던 서로의 단점들이 하루에 하나씩 드러나기 시작했다. 자취생활 경험이 있어 살림 손끝이 야무질 줄 알았던 남편은 알고 보니 허당이었고, 뭐든 딱 떨어져야 직성이 풀리는 내 성격은 남편에게 자주 벅찼을 것이다. 돈을 쓰고 버는 일에서도 서로 자존심 상할 일 없이 손발을 맞추기가 여간 쉽지 않았다. 만약 우리의 동거가 전세 대출이나 혼인신고로 묶인 동거가 아니었다면 우린 헤어졌을 거다. 굳이 이 감정의 불지옥을 겪을 이유가 없기 때문이다. 결론을 내리지 못한 다툼 앞에 사랑은 허무하게 마모되었을 거다. 어느 순간에는 같은 공간에서 숨 쉬는 것조차 싫어졌을 거다.

내내 생각했다. 대체 동거와 결혼의 차이가 무엇인지를. 무사히 결혼식을 치르고 다툼이 잦아들던 어느 날, 문득 섬광처럼! 깨달음이 찾아왔다. 아아. 결혼식이 '이 사람이랑 지지고 볶고 싸워도 헤어지지 않고 잘 살아볼게요' 하고 사람들을 불러 모아 돈까지 받아가며 선언하는 일종의 공증쇼라는 것을. 혼인신고는 '이 사람이 죽도록 미워져도 기분 탓에 덜컥 이혼하지 않고 일단 한번 살아볼게요'라고 나라님께 약속하는 행위라는 것을. 신혼부부 전세 대출은 '이 사람이랑 각방 써도 이자만큼은 늦지 않게 꼬박꼬박 잘 입금하겠습니다'라고 은행님께 맹세하는 일이라는 것을.

동거가 아닌 결혼이어서 우리는 지옥 끝까지 갔다가 무사 귀환할 수 있었다. 일평생 함께 살겠다고 각오한 만큼, 맞춰야 할 부분은 밤을 새워서라도 토론하고, 때로는 치열하게 싸우며 합의를 봤다. 합의점을 찾지 못하더라도 적어도 우리만의 대안은 마련할 수 있었다. 평생 봐야 할 사람이기에 대충대충은 없었다. 좋은 게 좋은 거라며 은근슬쩍 넘기는 게으름 없이, 다툼의 정상까지 오른 뒤 손을 맞잡고 뿌듯하게 하산했다. 그 과정에서 서로를 할퀴기도 했고, 무너지듯 외로운 날도 많았다. 하지만 끝까지 노력했던 경험이 없었더라면 우리는 우리의 다름이 포용 가능한 것인지 아닌지 확인해볼 시도조차 하지 않고, 관계의 무궁무진한 가능성을 채 느껴보지도 못하고 서로를 포기했을 것이다.

결혼은 불지옥 앞에서도 뒤돌아서지 않고 기꺼이 함께 뛰어드는 일이다. 소울메이트라는 말은 환상에 불과하다. 무색무취의 진공 상태에 놓인 관계가 아니고서야 애초에 다툼 없이 잘 맞는 부부가 존재하긴 하는 걸까? 제아무리 다툼 없는 부부라 할지라도 분명 응어리진 감정 하나쯤은 있을 것으로 생각한다. 하나 확실히 말할 수 있는 건 신혼의 고단함 가지고도 이렇게 책 한 권을 쓸 만큼 생판 남이었던 두 사람이 한집에서 살을 부대끼며 사는 일은 간단치가 않다는 거다.

SNS에 행복한 글만 올라온다고 속상해 말았으면 한다. 다들 알게 모르게 싸우면서 사니까. 안 싸운다면 언젠가 곪아 터질 것이다. 다만, 곪아 터졌다고 섣불리 포기하진 말자. 곪아 터지고 터져 더 터질 것이 없이 바닥까지 내보인 사이만큼 애틋한 건 없으니까. 수습 기간 없이 바로 정직원부터 시작하는 결혼 생활. 언제 헤어질지 모른다는 불안감 없는 고용 안정성만큼은 결혼으로 누릴 수 있는 최고의 장점이다(아이러니하게도 어쩔 땐 단점일 수도 있겠지만). 아직 불지옥의 한 가운데를 건너고 있는 신혼인이라면 조금만 더 버텨보길. 정신 차려보면 신혼 레벨1 테스트를 무사히 통과하고 식후 커피를 후후 불어 마시며 한숨 돌리고 있는 자신을 발견할 테니까.

눕기만 하면 떠올라, 과거 자판기

옆에 외간 남자가 누워 있다.
3년간 교세하고 이제는 부부가 된 외간 남자다.

이 남자를 만나기 전을 떠올려본다.
아니, 떠오른다.
결혼하고 생긴 이상한 증상이다.

자려고 이 외간 남자 옆에만 누우면 옛날 일들이 떠오른다.
거의 과거 자판기, 파블로프의 개 수준이다.

대학 주점 때 술에 취해 충무로를 경주마처럼 뛰어다니던 때의 공기.
흘러간 인연들이 속삭이던 말.
아예 영구 삭제한 줄만 알았던 최악의 소개팅.
도서관에서 알바하면서 봤던 2PM 예능.
복사 카드에 현금 충전했던 과실 옆 컴퓨터실.
천둥 번개가 몰아쳐 혼자 벌벌 떨며 눈높이 수학을 풀던 가을날.
명동의류에서 싸구려 티셔츠를 쇼핑하던 지갑 가벼웠던 스무 살.

매일 다른 카테고리, 다른 시기의 과거들이 떠올라 잠을 못 이룬다.

왜 그럴까.
저 외간 남자는 나라면 끔찍이 아끼는데,
20kg이 넘게 쪄도 귀엽다며 난리인 사람인데,
친정 아빠도 인정한 팔불출인데,
왜 그럴까.

신혼이라는 낯선 경험이
무뎌진 기억 회로 어딘가를 자극했을까.
그래서 잊고 지내던 과거들이 폭포수처럼 쏟아지는 걸까.

과거 속에서 허우적거리다 보면
이 외간 남자가 고맙다.
너를 못 만났더라면,

우리가 부부가 안 됐더라면,

난 다른 외간 남자 옆에 누워 있고,

넌 다른 외간 여자 옆에 누워 있겠지.

생각만 해도 슬프다.

외간 남자에게 말한다.

"우리가 부부가 안 됐을 것을 생각하면 눈물 나. 슬퍼. 고마워."

외간 남자가 말한다.

"그렇구나. 근데 우리 부부잖아."

그렇구나. 먹던 쌀국수나 열심히 먹으렴.

왜 그럴까.

왜 자꾸 옛날 일들이 머릿속에서 용솟음칠까.

정말 모를 일이다.

기분 포물선

결혼하고 가장 당혹스러웠던 건 남편과 나의 기분이 불협화음을 낼 때였다. 푸릇한 봄바람 냄새에 여유롭게 취하고 싶은 날, 자동차 유튜브를 넋 놓고 보는 남편의 표정에 감성이 왕창 깨진다. 어쩐지 자꾸만 장난기가 넘치는 날, 심각하게 컴퓨터를 만지는 남편의 뒷모습을 보면 시무룩해진다. 두 사람의 바이오리듬이 100% 맞을 순 없을 노릇. 가라앉는 내 기분이 남편의 하루까지 망치게 할 순 없고, 넘치는 텐션이 조용히 쉬고 싶은 남편의 피곤함에 불을 지필 순 없는 일이다. 그럴 때면 얼마간의 외로움을 느낀다. 결혼해도 인생은 혼자야, 따위의 촌스러운 문장을 인중 어딘가에 숨겨놓고 티 나지 않을 만큼만 입을 삐쭉댄다. 곧 지나갈 이 외로움을 조용히 삭인다.

두 사람의 포물선이 어긋나고 또 어긋나다 어느 날 같은 지점에서 만나는 날이면 그날이 바로 파티 투나잇. 세상 모든 게 다 아름다워 보이고 역시 결혼하길 잘했고, 남편이 있어 내 삶은 더 풍요로워졌고 행복은 두 배가 되었다며 찰나의 기쁨을 만끽한다. 그러다 다시 포물선이 각자의 속도와 리듬대로 제 갈 길을 가면 언제가 될지 모를 텐션 일치의 날을 기다린다. 조용히, 때로는 사무치게.

결혼 전에는 어땠더라. 대체로 딸들은 엄마의 기분에 많은 영향을 받고 자란다. 나도 예외는 아니다. 엄마가 뾰족한 날엔 방문도 살살 닫고 바닥에 떨어진 머리카락도 열심히 주워 담고 새로 산 티셔츠가 엄마 눈에 띄지 않게 옷장 구석 숨겨뒀다. 엄마가 신나게 들뜬 날이면 옷장에 묻어두었던 새 옷을 꺼내 “예쁘지? 완전 싸게 주고 샀다?” 하고 패션쇼도 해 보이고, 떡볶이 먹고 싶다고 엄마 떡볶이가 최고라고 아양을 부렸다. 그땐 내 감정에도 높낮이가 있다는 걸 모르고 살았다. 엄마의 포물선 위에 올라타 나도 같이 오르고 내렸다. 그리고 엄마의 오르고 내리는 기분에 아빠라는 요인이 작용했으리라고는 상상도 못 했고. 엄마의 기분이 절댓값인 줄로만 알았다.

그런데 내 감정에도 포물선이 있었다니. 결혼 후 엄마의 궤도에서 벗어나 온전히 나만의 방정식으로 리듬을 타기 시작했을 때, 그리고 그 변화된 박자를 몸과 마음으로 인지했을 때 나는 놀라지 않을 수 없었다. 그리고 여기에 남편의 기분이 영향을 끼친다는 것에 또 한 번 놀랐다. 각자의 리듬이 어긋날 때마다 느껴지는 불편함이 오로지 엄마의 기분만 따라가면 되었던 30여 년의 세월을 허무하게 만들었다.

내 기분을 내가 어찌할 바를 모를 때, 남편과의 엇박자에 시무룩해질 때면 나는 물을 찾는다. 따뜻한 물과 향긋한 비누로 샤워하고, 싱크대에 쌓인 접시를 뽀드득 씻는다. 그러고도 성에 안 차는 날이면 집 앞 카페에 들러 남이 만들어준 커피를 한 잔 사서 집으로 온다. 그런 나를 스스로 '수용성 인간'이라 부른다. 물이 닿으면 기분이 달라지는 사람.

내 생애 첫 기억은 네 살 무렵 물에 빠져 허우적거렸을 때다. 엄마, 아빠, 큰아버지와 사촌 언니, 오빠가 다 같이 모여 관악산 계곡에 놀러 갔다. 발을 헛디뎌 종아리까지 오는 얕은 계곡물에 코를 박고 숨이 가빴던 기분. 어른들이 나를 보고 귀엽다며 웃는 그 순간이 머릿속에 가장 오래 저장된 기억이다. 그 뒤로 나는 물 공포증이 생겨 시퍼런 바다를 보면 다리가 후들거리고, 욕조에 담긴 물만 보아도 닭살이 돋는다. 그런 내가 수용성 인간이라니 나조차도 믿기 힘들지만, 아마 촤악촤악, 찰랑찰랑, 호르륵 정도의 소리를 내는 물이라면 괜찮은가 보다. 첨벙, 철썩, 콸콸 소리를 내는 물이라면 여전히 무서운 걸 보니.

신기한 건 남편도 나와 비슷한 양상을 보인다는 사실. 남편 스스로는 깨닫지 못한 것 같은데, 그 역시 나 때문에 기분이 상했거나 기분 포물선이 진로 방해를 겪을 때면 물을 찾는다. 윗옷을 벗고 화장실을 거의 새로 지을 기세로 구석구석 물을 뿌리며 청소하고, 가습기에 물을 충전하며 심신을 다스린다. 분명 좀 전까지 나랑 미묘하게 서로의 신경을 건드리고 있었는데, 화장실 청소를 마치거나 가습기에 물을 가득 채우고 나면 언제 그랬냐는 듯 내게 쫄쫄쫄 다가와 "저녁 뭐 묵을까아—" 하고 별안간 기분이 좋아진 남편의 변화를 나는 자주 목격했다. 남편도 나 못지않게 물을 무서워하는데, 그도 촤악촤악, 찰랑찰랑, 호르륵 정도의 물은 좋아하나 보다.

내가 '기분이 썩 좋진 않은데 그렇다고 울거나 화낼 정도로 나쁘진 않은' 날 물을 찾는다는 걸 자각했을 때, 엄마에게도 엄마만의 기분 테라피가 있다는 걸 깨달았다. 그건 '힘 쓰는 일'이었다. 왜 엄마가 아빠의 귀가가 늦어지면 냉장고에 있는 반찬통을 모두 꺼내 청소했는지, 왜 엄마가 비 오는 일요일이면 침대와 소파와 책장 위치를 옮겼는지 이제야 알게 된 거다. 그건 엄마만의 기분 다스리는 법이었다. 엄마랑 30년 넘게 함께 살고도 몰랐다니. 가끔 딸들은 세상 모르는 것 없이 다 아는 척하지만 정작 중요한 건 모를 때가 많다.

친정집에 갔을 때 가구 위치가 달라져 있으면 나는 엄마에게 작은 울적함이 지나간 흔적을 본다. 남편이 열심히 욕실에 락스를 뿌릴 때면 그에게 기분 전환이 필요한 순간임을 느낀다. 내가 하루에도 몇 번씩 샤워할 때면 내 마음이 조금 우그러졌음을 알아챈다. 우리 모두 각자의 기분 포물선이 있다. 다른 이의 포물선에 무기력하게 올라탈 필요도, 불협화음에 당혹스러울 일도, 외로움에 서러울 것도 없다. 각자의 방식으로 천천히, 때로는 즐거운 마음으로 포물선 일치의 순간을 기다리면 되니까.

4부.

먹고사니즘의 문제

8학군 유학파 남편이 봉준호를 만났을 때

공부를 애매하게 잘하면 인생이 피곤하다, 라는 게 남편을 만나고 알게 된 사실이다. 남편은 학군 좋다는 목동 토박이다. 나는 '개천에서 용 나는 도서관'이라는 낯부끄러운 도서관이 있는 신림동 토박이다. 남편은 공부를 못했고, 나는 공부를 애매하게 잘했다.

전교 10등 안에 들던 중학교 성적으로 경기도의 한 외고에 진학했다. 나는 그곳에서 낙인 효과를 생생하게 체험했다. 전교 10등은 전교 10등만큼 공부하고, 전교 100등은 전교 100등만큼만 공부한다. 전국의 전교 10등이 모인(전교 1등들은 주로 다른 특목고에 지원했다) 그곳에서 나는 전교 몇 등이었더라. 딱 떨어진 등수만큼만 공부했다. 외고에서 중간 정도의 성적이었던 나는 중간 정도의 대학에 입학했다. 대학교에선 정신 차리고 매 학기 장학금을 받으며 다녔지만 꿈을 키울 마음의 여유는 없었다.

애매하게 잘하는 공부와 애매한 학벌을 뛰어넘기 위해선 이 악물고 버틸 지구력과 배포가 필요하다. 돈 없이 공부만 할 배포가 없었고 궁핍한 생활을 버틸 지구력도 없었다. 졸업하기도 전에 경제 활동을 시작했다. 그러고 싶었다.

남편에겐 출제자의 의도를 색다르게 파악하는 묘한 재주가 있다. 시험공부엔 소질이 없다는 이야기다. 속독 학원부터 시작해 목동에 있는 별의별 학원이란 학원은 다 다닌 남편은 지방대에 입학했다가 자퇴했다. 그 후로 오랫동안 방황의 시기를 보내고 20대 후반이 되어서야 미국 유학길에 올랐다. 귀국하자마자 나를 만나 연애하고 1년간 백수로 지내다 원하던 회사에 입사했다.

이전 회사에서 나는 매해 칸 영화제로 출장을 갔다. 영화를 동경하던 학창 시절엔 꿈의 영화제였지만 회삿돈으로 가는 칸 영화제는 그리 아름답지만은 않다. 유럽과 한국의 일곱 시간이라는 애매한 시차를 뚫고 거의 24시간 모드로 기사를 마감해야 하고, 불편한 드레스를 입고 밤새 영화를 봐야 하며, 입에 안 맞는 음식을 먹고 보름을 버텨야 한다. 포털 사이트 메인에 기사가 걸려야 한다는 압박과 은근한 취재 경쟁 속에서 여기가 칸인지 자갈치 시장인지도 모른 채 좀비처럼 피곤한 몸과 노트북을 질질 끌고 돌아다녀야 한다.

하지만 2019년 출장은 달랐다. 남편이 참여한 영화가 경쟁

부문에 진출한 것이다. 남편은 봉준호 감독의 〈기생충〉 크레딧에 이름을 올렸다. 뤼미에르 대극장에서 남편의 이름 석 자를 볼 생각에 손에 땀이 찼다. 한편으론 꿈에 한 발 다가선 남편이 부러웠다. 내 꿈은 어디로 흘러갔을까. 배포도, 지구력도 없는 나라서 꿈을 이루지 못한 걸까. 나도 유학을 떠났더라면 넓은 세계에서 꿈을 이뤘을까. 아니, 잠깐만. 내 꿈이 뭐였더라? 기자는 아니었던 것 같은데. 마음이 뒤숭숭했다.

대망의 〈기생충〉 상영일. 남편의 이름을 볼 생각에 두근거렸다. 영화는 웃기고, 슬프고, 서늘했다. 기가 막힌 빈부격차 블랙코미디에 전 세계에서 온 관객들도 뜨겁게 반응했다.

드디어 엔딩 크레딧이 올랐다. 엥, 오르다 말았다. 상영 스태프의 실수로 중간에 꺼진 거다. 덕분에 배우 최우식이 직접 부른 엔딩 곡 〈소주 한 잔〉이 공개되지 못해 배우들과 봉준호 감독이 아쉬워했다. 봉 감독만큼이나 나 역시 남편의 이름을 보지 못해 아쉬웠다.

'에잇, 왜 하필 〈기생충〉에서 실수람.'

멋지게 사진으로 남겨 시부모님께 보여드리고 싶었는데. 너무나 아쉬웠다.

시부모님은 우유 대리점 일을 하신다. 어느 날 배달 스케줄이 펑크 나는 바람에 남편과 함께 배달을 도와드렸다. 겨울밤, 배낭에 우유를 가득 넣고 고급 아파트에 들어가시는 시부모님 모습에 눈물이 쏟아졌다. 남편은 아니 왜 네가 우냐며, 원래 배달은 다 이렇게 하는 거라며 당황했다. 너를 키운 건 8할이 부모님의 새벽 배달이라고, 고생하시는 모습에 마음 아프지 않냐며 꺼이꺼이 울었다. 남편은 본인도 초등학교 저학년 때부터 새벽 배달을 도왔다며 그만 좀 울라고 말했다.

엄마는 지금도 종종 내게 해준 것이 없어 미안하다며 운다. 구 서방처럼 유학을 보내주지도, 맘 편히 공부만 하게 못 해줘 미안하다고 말이다. 해준 것이 없기는. 강한 생활력과 여러 아르바이트를 통해 터득한 잡 기술, 눈치 백 단 센스는 돈 주고도 못 사는 것인데. “우리 딸은 똑똑해서 뭐든 잘할 거야”라고 늘 자신감을 불어넣어 준 게 바로 엄마인걸. 오히려 내가 미안하지. 엄마의 부지런함과 배포를 반의반만 닮았어도 엄마를 덜 고생시켰을 텐데 말이다.

나는 TV에서 〈기생충〉 이야기가 나올 때마다 시부모님의 우유 배달과 임마의 눈물이 동시에 떠오른다. 꿈을 이뤘든 이루지 못했든, 우리가 딛고 있는 지금의 이면에 얼마나 많은 희생이 있었는지를. 나는 결혼을 하고 나서야 겨우 알게 됐다.

충치 치료

새해가 되고 몇 년간 미뤘던 충치 치료를 시작했다. 언젠가부터 주삿바늘보다 영수증이 더 무서워졌다. 꽤 오랫동안 이가 시큰거리고 잠을 못 이룰 정도로 통증이 심했지만, 병원 문턱을 넘는 게 겁이 났다. 그럴 때마다 '충치 치료 꼭 필요한가요', '충치 치료 꼭 필요한 건 아냐'를 인터넷 창에 검색했다. 그렇게까지 할 시간에 하루라도 빨리 치과를 가는 게 여러모로 낫지 않나 싶지만, 진료비가 무서운 걸 어쩌랴. 그렇게 미룰 수 있을 때까지 미뤄오다 연말부터 남편의 사랑니 염증이 심해지는 바람에 거의 반강제적으로 함께 치과를 찾았다.

우리가 간 치과는 시가 아파트 단지 내에 있는 병원으로, 남편이 연애 시절 "여기 치과 의사 쌤 스케일링 대박 잘해. 피 한 방울 안 나게 해준다니까. 그런 스케일링은 처음이야"라고 특유의 간접광고 같은 말투로 힘주어 말했던 곳이다. 시부모님도 단골로 다니시는 병원이었다. 시가에선 이 병원을 '김치과'(실제 병원명은 다른 이름이지만, 괜히 가명을 붙여본다)라고 불렀다. 난 당연히 치과 이름이 '김치과'인 줄 알았는데, 간판엔 '김○○ 치과'라고 쓰여 있었다.

'원장 김○○이 남자인가 보네.'

그런데 다시 보니 '김○○ 치과' 이름 앞에 DH(이 역시 실제로는 다른 알파벳이지만 괜히 가명을 붙여본다)라는 이니셜이 붙어 있는 거다. 하여, 치과 풀네임은 'DH 김○○ 치과'.

'스케일링 실력에 비해 네이밍 센스는 상당히 별로군.'

병원 이름 하나 가지고 오만 생각을 하며 애써 무서움을 달랬다.

"오늘 김수정 님은 여자 원장 선생님께 진료받으실게요."

남편은 남자 선생님한테 받는단다. 아, 원장이 둘이었어? 직원은 "여기 원장 쌤 두 분이 부부셔요"라며 싱긋 웃었다. 김○○가 남편이었던 거다.

드디어 진료실. 며칠 전 떡국 배부르게 먹고 서른다섯 살이 된 나는 벌벌 떨며 조잘댔다.

"선생님 혹시 오늘은 스케일링만 하시나요. 제가 스케일링 공포증이 있어서요. 충치 치료도 무섭긴 한데 스케일링은 진짜 아프더라고요. 예전에 스케일링 받을 때 너무 힘들어해서 주사를 왕창 맞고 했었거든요. 많이 아플까요? 으, 오랜만이라서 무섭네요."

맞다. 진료비만큼이나 치과 진료도 무서웠던 거다. 선생님은 잠시 당황했지만 익숙하다는 듯 나를 달래줬다.

"오늘은 일단 스케일링만 하실게요. 저한테 스케일링 받고 아프시단 분, 아직까진 못 봤어요."

오, 엄청난 확신과 자신감이 느껴지면서도 자만하지 않는 느긋한 목소리. 나는 이런 목소리를 처음 들어봤다. 당장 선생님을 붙잡고 '제 얘기 좀 들어보세요, 선생님'이라며 인생 상담을 하고 싶었지만 그럴 수는 없었고, 초록색 가운을 얼굴에 뒤집어쓰고 입을 쩍 벌렸다.

여자 선생님의 스케일링은 가히 예술이었다. 난 지금껏 남편의 말에는 1g씩 조미료가 더해졌다고 생각했는데, 이번엔 달랐다. 스케일링 받으면서 졸아보긴 난생처음. 미용실에서 두피 마사지 받는 것처럼, 뻐근했던 잇몸 구석구석이 시원하게 녹아내렸다. 정말이지 나는 삼보일배하며 진료실을 나오기 일보 직전이었다. 다시 태어난 듯 개운했고, 이 상쾌함을 무기 삼아 뭐든 할 수 있을 것 같은 정체 모를 의지까지 샘솟았다. 그 뒤로

한 달간 충치 치료와 신경 치료를 모두 여자 선생님한테 받았는데, 그렇게 부드러운 마취 주사, 그렇게 섬세한 드릴질은 처음이었다. 선생님이 치아를 드릉드릉 갈고, 뿌리 끝에 찬 고름을 쏙쏙 제거하는 동안에 나는 '냉장고에 있는 두부 안 쉬었나', '운전면허 갱신해야 하는데', '빵을 사갈까 말까' 딴생각하기에 바빴다. 선생님이 알아서 안 아프게 잘해주겠지, 라는 무한 믿음 덕분이었다.

치료가 막바지에 다다랐을 때, 문득 선생님의 이름이 궁금해 진료실을 둘러봤다. 전문의 자격증에서 선생님의 이름을 발견하고 짧은 탄식을 내뱉었다. 알고 보니 DH는 여자 선생님의 이니셜이었다. 아니 이런 엄청난 내공의 소유자가 병원 간판에 이름 하나 올리지 않았다니! 난 DH가 김○○ 원장의 영어 이름 이니셜인 줄로만 알았다.

'선생님! 이름을 알리셔요! 이 병원은 김치과로 불린다니까요! 여에스더 선생님처럼 선생님도 이름을 널리 널리 알려주셔요!'

이렇게 남편에게 말하니 "이름을 전면에 내세우기 싫을 수도 있잖아"라고 반론을 제기했는데 난 동의하기 힘들었다. 모든 사람은 이름을 알리고, 불리고 싶은 본능이 아주 조금씩이라도 있다고 생각한다. 누구누구 엄마, 누구누구 아빠, 어이, 거기, 형씨보다 내 이름 석 자로 불리고 싶은 마음 말이다. 내가 필명이 아닌 이름 그대로 책을 쓰는 것도 그런 이유 때문이다. 그랬더니 남편은 또 말했다.

"부부 이름 다 넣으면 병원 이름이 너무 길어지잖아."

김수한무거북이와두루미 수준도 아니고 몇 자 더 넣는다고 뭐. 하물며 여자 선생님 이름은 외자였다고!

그러다 시부모님으로부터 치과에 대한 재미있는 이야길 들었다. 남편 원장인 김○○은 이 동네 토박이고, 병원 개업했을 때 남편네 어머님이 온 동네에 전단을 돌리며 홍보에 열을 올리셨다고. 그러고도 한동안은 병원으로 출근 도장을 찍고, 로비 대기실에 앉아 계셨단다. 일터에 친정엄마가 앉아 있어도 불편할 마당에 시어머니가 한 자리 잡고 앉아 계신다니. 상상만 해도 어깨가 굳는다. 남편은 그게 왜 불편하냐며 고개를 갸웃한다. 아니, 당연히 불편하지 않나? 병원이 카페처럼 아늑한 곳도 아닐뿐더러 어르신 혼자 로비에 앉아 대체 무얼 하고 계신단 말인가. 마음이 변할 리 없지.

병원의 개업 히스토리를 듣고 나니 여자 선생님을 향한 나의 복잡한 마음은 더욱더 깊어져만 갔다. 그렇게 맞이한 마지막 치료 날. 괜한 아쉬움에 선생님을 기다리며 내 차트를 정독하고 있었다. 그러다 시선이 '가족 리스트'에 가닿았다. 거기엔 나를 포함해 남편과 시부모님, 시동생, 남편의 돌아가신 할머니 존함까지 적혀 있었다. 내가 시가 식구들과 한 지면에 '가족'이라는 이름으로 묶인 것을 본 건 그때가 처음이었다.

단골 커피숍, 단골 술집, 단골 옷가게. 나의 많은 부분을 친정집 동네에 두고 왔다. 친정 홈타운에 찍힌 내 발자국을 아직은 지우고 싶지 않아서다. '가족 리스트'로 묶인 'DH 김○○ 치과'는 아마도 시가 동네에 뿌리내린 내 첫 단골집이 되지 않을까 싶다. 모두 여자 선생님 덕분이다. 선생님 만만세다 만만세!

교집합=인류

인류, 동양인, 서울시민. 아, 오른손잡이! 남편과 나의 교집합이다. 또 뭐가 있을까 싶어 탈탈 야무지게 털어봐도 딱 이 정도다. 거의 뭐, 공통점이 없다고 봐도 무방한 수준이다.

우리가 처음부터 달랐던 건 아니다. 연애 초반엔 마치 잃어버린 쌍둥이를 찾은 것처럼 모든 게 똑같다고 환호했다. "나랑 이렇게까지 잘 맞는 사람을 본 적이 없어. 진짜 우린 운명인 것 같아"라는 말을 친구 누군가에게 했던 것 같은데, 경솔했다. 나는 살면서 나와 이렇게까지 안 맞는 사람을 본 적이 없다. '남편과 로또의 공통점은? 하나도 맞는 게 없다'라는 유머가 내 이야기가 될 줄이야. 남편과 나는 모든 면에서 극과 극이다. 이것도 운명이라면 운명일까.

우리의 첫 속초 여행을 떠올려본다. 속초에 도착하자마자 물회를 먹자고 들뜬 내가 말했다. 남편 표정이 순간 일그러진 것 같았지만 크게 신경 쓰지 않았다. 그 묘하게 기분 나빴던 표정이 복선이었음을 나중에야 알게 됐지만 말이다. 남편은 "어? 어, 물회 좋지"라며 나보고 길을 안내하라 했다. 남편은 속초가 (아마도) 처음이었다. 길치 주제에 프로 여행꾼인 나는 자신 있게 횟집으로 향했다. 길치는 그 어떤 순간에도 자신감이 넘친다. 푹푹 찌는 한여름, 느닷없이 소나기까지 내리는 와중에 내가 엉뚱한 길에서 헤매느라 한참을 돌고 돌아 횟집에 겨우 도착했다.

"여기 물회 두 개에 오징어순대 하나요!"

길을 헤맨 것을 만회하려고 더 큰 소리로 주문했다. 찹찹 입맛을 다시는 나와 달리 남편은 물회와 나를 번갈아 바라봤다.

'왜 안 먹지?'

길을 찾느라 잔뜩 허기졌던 나는 아리송한 남편의 반응을 뒤로하고 물회를 허겁지겁 먹어 치웠다. 남편은 그런 나를 빤히 쳐다봤다. 나는 또 생각했다.

'내가 그렇게 좋은가?'

연애가 어느 정도 무르익고 나서야 남편이 해산물을 싫어한다는 걸 알게 됐다. 아니, 싫어하는 수준을 넘어 증오한다는 표현이 정확하겠다. 횟집에 군소리 없이 따라갔던 건 완벽한 연기였다. 덕분에 나는 연애하는 동안 방어회, 전어회, 아귀찜, 전복 버터구이, 고등어조림 등 각종 해산물 데이트는 꿈에도 못 꿨다. 뭐, 사랑에 이 정도쯤이야. 40년 가까이 함께 산 부모님도 입맛이 100% 일치하지 않는데, 30년 넘게 서로 모르고 살아온 너와 나의 입맛이 다른 것쯤이야.

문제는 결혼하고 나서 터졌다. 여유롭게 뒹굴뒹굴하던 어느 주말 오후였다. 저녁 메뉴로 된장찌개를 정하곤 부족한 재료가 뭔지 냉장고 속을 떠올려봤다. 애호박, 두부, 다 있는데 딱 하나 바지락이 없었다. 남편은 된장찌개에 바지락을 왜 넣느냐고 물었다. 나는 된장찌개에 바지락을 왜 안 넣느냐고 물었다. 남편은 백종원이 안 넣는다고 답했다. 나는 백종원 레시피가 공인 레시피냐고 되물었다. 남편이 씩씩거리며 포털 사이트에 '된장찌개 레시피'를 검색했다. 뚝배기가 달아오르듯 나의 정수리가 뜨겁게 달아올랐다. 김이 풀풀 났다.

시부모님과 친정 부모님 모두 남편의 까다로운 입맛을 엄청나게 신경 쓰신다. "아들, 이거 먹니?" 시어머님의 단골 멘트, "구 서방 이거 좋아하니?" 친정엄마의 단골 멘트다. 양가 부모님이 이렇게나 살뜰히 남편을 챙기는 동안, 남편은 제 취향이 아닌 음식 앞에서 늘 단호한 표정을 짓는다.

"아, 안 먹죠."

친정 부모님과 함께 밥 먹은 날에는 꼭 엄마에게 문자가 온다.

"구 서방이 오리 백숙보다 주물럭을 더 좋아하는데 괜히 백숙을 먹었나 보다." "구 서방 오늘 밥 먹을 때 너무 피곤해 보이더라. 반찬이 입맛에 안 맞았나."

엄마는 밥 먹는 내내 남편 반응이 마음에 걸렸던 거다. 나는 그게 내심 서운했나 보다. 양가 모두가 너의 극세사 입맛을 이렇게나 살피고 있는데, 된장찌개에 바지락 좀 넣는 것 가지고 그렇게나 열을 뿜다니.

꽁냥거리며 나른한 오후를 누리던 우리는 바지락 된장찌개 때문에 일순간에 도끼눈을 뜨고 언쟁을 벌였다. 해산물 피해자 코스프레하는 네가 밉다는 둥, 급식 반찬으로 조갯국이 나오면 울면서 먹었다는 둥. 네가 안 먹는 게 어디 해산물뿐이냐는 둥, 친정엄마가 들으면 한심하다며 혀를 끌끌 찰 멘트들이 서로를 할퀴었다.

나는 순간 아득해져 엉엉 울었다. 남편이 미워서도, 바지락 된장찌개가 먹고 싶어서도 아니었다. 구 서방 취향 찾아 삼만 리인 엄마 표정이 떠올라서였다. 남의 집 귀한 아들이 혹여나 입맛에 안 맞는 것을 먹고 기분이 상하진 않을까 노심초사하는 우리 엄마, 엄마가 보고 싶어서 울었다. 나는 엄마처럼 마음이 넓지도, 따뜻하지도 못해 반찬 투정하는 남편이 그저 얄밉기만 했다. 대성통곡하며 울었다.

싸움의 열기가 한 김 식고 나니 남편이 안쓰러워지기 시작했다. 비린 맛에 예민한 남편이 조갯국 급식을 받고 얼마나 망연자실했을지, 혼나는 걸 세상에서 제일 무서워하는 남편이 반찬을 남기고 선생님한테 꾸중 들을까 얼마나 겁을 냈을지.

나는 남녀 관계는 꽤 자주 유치해지는 일이라 생각한다. 서로를 깊숙이 알아갈수록, 관심이 짙을수록 작은 일로 토라지고, 사소한 일로 상처받는다. 거창한 사랑의 담론만 속삭이는 연인이 세상에 몇이나 될까. 물론 싸우지 않고도 흔들리지 않는 관계를 유지하는 이들도 있겠지만, 흔한 일은 아니다. 사랑하지 않으면 싸울 일도 없다.

연애 시절에도 종종 작은 일로 싸우게 된다. 데이트에 지각해서, 데이트 코스를 짜는 문제로, 혹은 연락이 늦어져서, 이따금 이성 문제로도 투닥거린다. 연인의 다툼이 2학점 교양과목 수준이라면, 부부의 다툼은 3학점 심화전공을 한꺼번에 10개 정도는 듣는 수준이다. 그것도 내 전공이 아닌 회계, 경영, 철학, 체육, 언어, 역사 전 분야에 걸친 수업을 남편과 팀을 짜 수강하는 기분이다. 정신을 똑바로 붙들어야 한단 뜻이다. 게다가 연애 시절 다툼이 현관문 밖에서 벌어지는 일이라면, 부부싸움은 안방, 화장실, 거실에 이르기까지 집 안 구석구석에서 일어난다. 피할 곳이 없단 뜻이다.

우리는 모든 분야에 걸쳐 서로 다른 성향을 드러냈다. 하지만 대부분 양보하고 맞춰가며 살아간다. 치약을 중간에서 짜냐, 끝에서부터 짜냐 정도의 문제는 생활하다 보니 상대의 방법이 편해져 바뀌기도 하고, 상대를 위해 애써 바꾸기도 한다. 그것도 아니면 아예 치약을 펌프 타입으로 바꿔 문제를 원천 차단하는 것도 방법이다.

하지만 바지락 된장찌개 사건처럼 홀로 묵혀뒀던 마음이 전혀 의외의 곳에서 터질 땐 속수무책이다. 별수 없다. 싸우고 맞추고 또 풀어나갈 수밖에. 남편과 나는 종종 "어쩌다 우리처럼 이렇게나 다른 사람이 만났을까"라며 신기해한다. 좋아하는 것도 취향도 기질도 다른 우리지만 다르기에 맞춰가는 재미가 있다. 그 과정은 분명 힘겹고 때로는 땅끝으로 떨어지는 기분이지만 한고비 넘기고 나면 서운함보다 고마움이 커진다. 심지어 보람마저 느껴진다.

모든 게 처음인 신혼은 어렵지만 흥미롭다. 이게 사랑일까, 그런 거겠지. 나는 남편과 교집합을 찾기 위해 힘 빼기보다 다른 것을 맞춰가는 재미에 공을 들이기로 했다. 그건, 그것대로 괜찮은 방법이라고 나는 생각한다.

밥이 뭐길래

얼마 전 인터넷에서 재밌는 글을 보았다. 한국인의 남다른 밥 사랑의 예시를 모아놓은 글이었는데, 구구절절 무릎을 치며 공감했다. 예를 들면 이런 식이다.

· 혼날 때: 너 오늘 국물도 없을 줄 알아!
· 고마울 때: 나중에 밥 한번 먹자.
· 인사말: 식사는 하셨습니까? 밥 먹었어?
· 한심할 때: 저래서 밥은 벌어먹겠냐?

미처 생각지도 못한 한국인의 밥 부심이었다. 짧은 글에 담긴 엄청난 통찰력에 감탄했던 기억이다.

결혼도 결국 먹고, 사는 일이다. 우리 부모님만 봐도 여전히 각자의 먹는 리듬과 취향을 맞춰가는 중이다. 하물며 신혼부부인 우리는 어떨까. 바지락 된장찌개 때문에 눈물 빼며 다툰 우리 아닌가. 난 아직도 남편이 끼니마다 조미김을 몇 봉지씩 먹는 것이 신기하고, 남편은 내가 생선을 좋아하는 것이 놀라울 것이다. 몇 달 전 큰마음 먹고 포항 과메기를 주문해 먹었는데, 남편은 비린내가 난다며 창문을 활짝 열고 패딩 점퍼와 마스크를 장착한 채 괴로워했다. 나는 과메기가 입으로 들어가는지 코로 들어가는지 몰랐다. 남은 과메기는 친정으로 보냈다.

하여간 그놈의 밥이 뭐길래. 결혼하면 밥 때문에 속상하고, 밥 때문에 치사한 날들이 예기치 않게 찾아온다. 꼭 입맛이나 까다로운 식성 문제가 아니더라도 결혼 후 밥 때문에 마음 쓸 일은 무궁무진하다.

나 같은 경우, 시가에서 밥을 먹고 온 날이면 조금은 마음이 가라앉는다. 시어머니는 요리에 큰 취미가 없으시다. 요리보다 독서를 좋아하시는 분이다. 남편은 결혼 전 어머니의 창의적인 요리법에 대해 여러 번 언질을 준 적이 있는데, 막상 결혼하고 나니 시어머니가 요리왕이 아니셔서 오히려 편했다. 사실은, 요리왕 시어머니의 특급 레시피를 배우고 싶은 로망 비슷한 것이 어린 시절 있었다. 며느리도 모르는 고추장 비결? 나는 알지롱! 뭐 대충 이런 거. 하지만 결혼하고 나니 그것이 얼마나 피곤하고 귀찮은 일인지를 알게 되었기에, 요리왕이 아니신 시어머니가 좋았다.

시어머니의 요리 실력 때문에 마음이 가라앉냐고? 내가 맛을 잘 보는 편이긴 하나 음식을 가리진 않는다. 오히려 삼삼하고 채소 많이 들어간 시어머니의 요리를 남편보다 내가 더 좋아한다. 내가 자꾸 이렇게 본론을 말하지 못하고 빙빙 딴소리만 하는 이유는, 이게 말로 하기 애매한, 정말 별거 아닌 사소한 일이기 때문이다.

시가에 가서 밥을 먹을 때면, 시어머니에겐 남편이 1순위다. 남편이 좋아하는 반찬이 항상 최우선으로 식탁 위에 올라오고, 밥도 국도 남편부터. 한번은 시동생의 여자친구까지 모여 온 식구가 밥을 먹은 적이 있다. 명절이었다. 시어머니께서는 큰아들 좋아하는 감자볶음, 작은아들 좋아하는 치킨너깃을 차렸다며 맛나게 먹으라고 기쁘게 말씀하셨다. 오랜만에 두 아들이 다 같이 모인 식사 자리이니 얼마나 기쁘셨겠나. 다른 집 두 딸은 묵묵히 밥알을 입으로 옮길 뿐이었다.

남편도 나의 마음에 공감해줬다. 그럴 수 있다고. 자기가 봐도 충분히 그렇게 느낄 수 있겠더라고. 그리하여 남편은 시어머니에게 "갈치조림 해주세요. 수정이도 좋아하고 저도 잘 먹어요, 갈치는"이라는 모호한 주문을 했고, 시어머니께서는 "갈치조림은 3일 전에 예약해야 한다"라고 하셨다. 그렇게 갈치조림은 서서히 잊히는가 싶었는데 어느 날엔가 시댁에 갔더니 갈치조림이 상 위에 올라온 거다. 나는 눈이 동그랗게 커졌고, 시어머니께서는 해맑게 말씀하셨다.

"아들이 먹고 싶다는데 해줘야지."

남편은 민망한 표정을 감추려 괜히 와하하 더 크게 웃었다.

그때마다 친정엄마가 떠오른다. 남편이 몸살에 걸린 날이면 바쁜 출근길 우리 집에 들러 삼계탕을 배달해주는 엄마. 친정에 갈 때면 항상 남편이 좋아하는 음식만 해주는 엄마. 남편이 맛있게 잘 먹은 반찬을 기억해뒀다가 언제고 만들어주는 엄마. 쌀, 채소, 온갖 음식 재료가 떨어지지 않게 우리 집 몫까지 사주는 엄마. 비염이 있는 남편을 위해 밤새 대추고를 만드는 우리 엄마.

시어머니가 세상을 떠나신다면, 친정엄마가 남편에게 푸근한 밥상을 차려주겠지. 엄마가 이 세상에 없는 날이면, 나는 어디서 따뜻한 집밥을 먹을 수 있을까.

나는 안다. 시어머니께서 내게 '수정이 입맛에는 맞니', '수정이는 뭘 좋아하니'라고 물어보시지 않는 이유를. 밥상 앞에서 내게 이런저런 걸 물어보면 부담이 될까 봐 그런 것임을. 혹여라도 친정엄마 스타일과 다른 요리에 내가 불편할까 봐 조심스러우신 것임을. 늘 조용히 마음 써주시는 분이니까. 친정엄마에게 말 못 할 이야기, 당신께 털어놓으라는 고운 말씀을 해주시는 분이니까. 밥이 아닌 다른 방향으로 나를 묵묵히 지지해주시는 것을 안다. 그리고 나는 또 안다. 시어머니도 친정엄마의 밥상을 그리워하시는 것을.

"보내준 김치에서 친정 엄니 생각이 난다. 아주 옛날 맛있게 먹었던 그 맛. 살아생전에는 주셔도, 돌아가시면 그만일 거라고 말씀하시곤 했는데…. 힘들게 담가서 우리 집까지 주셔서 고맙다고 다시 한번 감사 말씀 전해드려 줘."

엄마가 보낸 김장김치를 받으시곤 보내주신 메시지다. 문자를 받고 꽤 오랫동안 마음이 아렸다. 돌아가신 친정엄마를 향한 시어머니의 그리움이 고스란히 전해져서다. 시어머니이기에 앞서 어머님도 딸이었지. 결혼한 지 수십 년이 지났어도 딸은 여전히 엄마가 그립다. 친정 밥상이 그립다. 엄마의 마음이 그립다. 더없이 도톰하고 보드라운 그 마음이.

지난겨울 친정에서 김장하며 생각했다. 빨리 엄마의 김치 맛을 배워야겠다고. 엄마가 언젠가 내 곁을 떠나더라도 언제든 엄마의 맛을 느낄 수 있게. 내가 담근 김치를 시어머니에게 해드릴 생각도 해봤다. 울 엄마 김치 맛이 시어머니 친정엄마 손맛과 비슷하다고 하셨으니까. 그 그리움의 깊이를 나는 알 것 같으니까. 왜 사서 고생이냐, 아서라. 유부 동료들의 목소리가 들리는 것 같다.

언젠가 엄마가 TV를 보다 말고 무심하게 말했다.

"얘, 엄마 죽고 없어지면 엄마가 해줬던 음식들을 기억해줘. 울 엄마 음식 맛있었지, 엄마가 요런 음식도 해주고 저런 음식도 해줬지. 행복하게 기억해줘라, 얘. 엄마가 우리 딸이랑 구서방한테 하나라도 더 먹이려고 하는 건 나중에 엄마 음식 떠올리며 행복하라고 그러는 거야. 알겠지?"

나는 엉엉 울어버렸다. 이렇게 엄마를 떠올리며 울 추억이 하나 더 생겼다. 안 되겠나. 올겨울엔 꼭 엄마의 김장 레시피를 배워야지.

가임기 유부녀의 이직이란

회사를 그만두었을 뿐인데 위로가 쏟아졌다. 먹고살 궁리는 하고 있냐며 토닥토닥 이모티콘을 보내온 이도 있다. 결혼 축하 한마디도 안 해줬던 사람이 별걱정을 다 한다 싶었다. 평소엔 연락 한 번 없다가 "이제 주부가 되었네요"라며 눈물 이모티콘을 보낸 사람도 있다. 주부가 되면 울어야 하나? SNS에 일일이 전시하지 않았을 뿐이지 난 나대로 바쁘게 잘 지내고 있는데. 내가 일을 하든 살림을 하든 뭔 상관이람.

말은 이렇게 하지만 내심 속이 뒤숭숭한 참이었다. 안정적으로 벌어먹을 걱정도 해야 하고, 이러다 경력이 끊길까 초조했던 것도 사실이다. 임신 때문이었다. 아이를 갖고 싶은데 커리어를 생각하면 쉽게 결정할 수 있는 일은 아니었다.

회사를 그만두고 한동안은 풀타임 일은 하고 싶지 않았다. 밤이고 주말이고 온종일 휴대전화와 노트북을 들고 다니던 것에 질린 탓인지, 일하는 모드를 오프하고 싶을 때 언제든 스위치를 끌 수 있는 일만 띄엄띄엄 하고 지냈다(말은 이렇게 해도 나름 전투적으로 했지만). 그러다가도 이제 제대로 된 일자리를 구해야 하나 싶을 땐 임신 때문에 멈칫했다.

아닌 게 아니라, 가임기 유부녀의 이직은 그리 쉬운 일이 아니었다. 결혼을 앞둔 예전 직장 동료가 혹여라도 입사하자마자 임신하면 민폐 아니냐며 프리랜서로 지낸다는 소식이 들려왔다(심지어 아직 결혼도 안 했는데). 육아휴직을 끝내고 돌아와 '육아 때문에 회사에 너무 소홀한 것 같다'라는 이유로 권고사직 당했다는 업계 동료도 있다. 그 동료는 일 하나는 똑소리 나게 하던 사람이었다. 사정이 이러하니 아예 대놓고 "일자리 구하기 쉽지 않아. 차라리 아이 낳고 와서 새로 시작해"라는 조언을 해준 사람도 한둘이 아니었다. 본인들도 겪은 일이라며, 어쩔 수 없는 일이라며.

이런 말에 자꾸만 쪼그라들었다. 영화 〈82년생 김지영〉에서 엄마들끼리 모여 각자 전공을 이야기하는 장면이 생각났다. 누구는 서울대 수학과를 나왔고, 누구는 공대를 졸업했지만, 지금은 집에서 아이를 돌보는 엄마가 되었다며 자조 섞인 웃음을 나누는 그 장면.

곧 엄마가 되기를 꿈꾸는 내가 커리어니, 연봉이니 재고 따지는 것이 사치처럼 느껴졌다. 대학 졸업장이 다 무슨 소용이며 일터에서 인정받던 과거가 다 무슨 소용인가. 한편으론 이런 고민에서 자유로운 남편이 부러웠다. 공부를 했어도 내가 더 했고, 일을 했어도 내가 더 했는데. 그럴 때면 그냥 고요히 지내는 쪽으로 마음이 수렴한다. 가임기 유부녀인 내가 이직이 웬 말이냐며.

생각해보면 늘 그래왔다. 더 넓은 세계를 꿈꾸는 야망과 포근한 뒤뜰에서 조용히 지내고 싶은 소박함. 어떤 날은 야심이 우세했고, 어떤 날은 안락한 일상이 그리웠다. 지금의 내 고민도 결국엔 같은 문제다. 아직은 어느 쪽으로든 결정하고 싶지 않다. 늘 그래왔듯 매 순간 열심히 살고 싶을 뿐이다. 담장 너머 광활한 세상에서든 따뜻한 우리 집 뒤뜰에서든 간에.

청약 낙제생

결혼하고 회사까지 그만두니 임신 이야기를 거의 인사말처럼 듣게 됐다. 사람들은 다양한 표현과 접근법으로 임신했냐는 질문을 해 왔다.

1. 직설법: 살이 토실하게 오른 나를 위아래로 훑어본 뒤 "임신했어?!" 하고 군더더기 없이 본론부터 묻기.

2. 기정사실화 화법: 나의 근황을 묻는 이에게 나 대신 "회사 그만두고 임신 준비하는 것 아냐?"라고 친절히 가짜뉴스 전파.

3. 배려왕 스타일: 점심 메뉴로 회를 고른 뒤 "아!" 하고 혼자 뭔가를 깨닫더니 "역시 회는 좀 그렇겠지?"라며 한식으로 방향을 선회.

어떤 방식이든 크게 불쾌하거나 부담스럽지 않았다. 애를 낳으라고 재촉한 것도 아니고, 요새 난임이 많다는 둥 괜한 오지랖을 부린 것도 아니니까. 미혼 시절, 반려견을 키우는 부부에게 "개 말고 애를 키워야지"라고 뒷말하던 사람, 이제 막 첫째 아이를 낳고 육아휴직에서 복직한 사람에게 "둘째도 낳아. 애 둘은 있어야 해"라고 훈수 두던 사람, 남자친구와 결혼할까 말까 고민하는 30대 후반 동료에게 "더 나이 들면 임신 힘들어.

그냥 빨리 결혼해"라고 아무렇지도 않게 독촉하던 사람들을 보면 내 얼굴이 다 빨갛게 달아오르곤 했다. 저 소리를 언젠가 내가 들을지도 모른단 생각을 하니 속이 부글부글 끓었다. 아직까진 이런 얘기들을 직접적으로 듣진 않았으니 얼마나 다행인가.

결혼→임신 코스를 당연하게 생각하는 것이 늘 의문이었고, 여전히 물음표다. 신체적인 이유나 경제적인 사정으로 아이 낳는 게 힘들 수도 있고, 딩크족일 수도 있고, 임신이 아닌 다른 계획의 실행 버튼을 눌렀을 수도 있는 노릇인데 왜 꼭 결혼 다음 순서는 임신이어야 할까. 물론 우리 부부도 아이를 가질 계획이 있다. 하지만 이걸 제삼자가 당연한 수순으로 생각하는 건 별개의 문제다. 부부들 저마다 무수히 많은 사정과 삶의 패턴이 있을 텐데 '결혼했으니 임신해야지'라는 식의 발상은 아쉽다. 그리고 대부분 이러한 질문의 표적은 여성이 되니 더더욱 아쉬울 따름이다.

청약을 알아보며 내 속은 더 부글부글 타올랐다. 공고를 뜯어보고 살펴볼수록 아이 없는 부부는 청약제도의 완전한 사각

지대였다. 아니, 거의 배제되는 수준이었다. 우리는 신혼부부, 심지어는 저소득층 조건까지 충족시키고도 자녀 수에서 빵점이었다. 빵점. 자녀 머릿수에 5점씩 가산이 붙는 표를 보며 씁쓸했다. '우리에게 아이가 있었으면 5점 더 받을 수 있었는데. 빨리 애 가져야겠네.' 무의식중에라도 이런 생각 하는 스스로가 소름 끼쳤다. 공급이 한정적이니 소득 외의 기준으로 부양가족 수에서 차별을 두어야겠지만, 과연 이 방법이 최선인지 답답했다.

우리는 청약 낙제생이었다. 학창 시절부터 지금까지 제도권에서 이탈해본 적 없던 내가 낙제생이라니. 빵점이라니! 청약 낙제생인 우리는 대출에서도 낙오자였다. 우리가 받은 신혼부부 전세 대출은 아이 한 명당 2년씩 서울시에서 이자 보전을 해주는데, 아이를 낳지 않으면 그 혜택을 받을 수 없다. 나라가 두 팔 벗고 나서서 '결혼하면 애 낳아야지'라는 공식을 만들어버린 거다. 난임, 불임, 딩크라는 역경(지금과 같은 상황이면 이건 진짜 역경이다)을 딛고 애를 낳았다 치자. 애를 낳으면 회사는 어쩌고? 어찌어찌 낳았다 치자. 회사에 출근하면 아이는 어쩌고? 임신, 출산, 육아라는 복잡 고단한 과정을 단순히 청약 가점 5점, 이자 보전 2년으로 환산할 순 없는 것 아닌가. 이 험난한 과정부터 어떻게 좀 신경 써주는 척이라도 하고 나서 가점을 주더라도 줘야 하는 거 아닌가.

저출산의 진짜 원인은 '희생'에 대한 우리 세대의 달라진 온도에 있다고 생각한다. 내 인생, 시간, 건강, 경력을 임신, 출산, 육아로 희생하고 싶지 않은 거다. 결혼→임신이라는 당연했던 공식 대신, 여러 모양의 삶이 생겨난 것을 우리는 눈으로 보고 있지 않나. 그리고 이 희생의 대가는 점점 더 박해지고 있다. 경쟁은 치열해지고, 삶의 변수도 더 다양해졌다. 경력단절 여성 문제는 뉴스나 영화에만 나오는 일이 아니라 바로 우리 옆에서 일어나고 있는 현재진행형이다.

청약을 알아보기 전까지만 해도 내게 임신은 생각만 해도 벅차오르는 일이었다.

모두 특정한 1개의 정자 내에 배치되어 있는 유일한 존재. 그 정자는 수백만의 거대한 함대를 이루는 작은 배들 가운데 한 척이었고, 배들은 일제히 당신의 어머니 쪽으로 노를 저어 들어갔다. 이 특별한 정자는 당신의 어머니의 난자 중 하나에 도달한 소형 선대 중 유일한 하나의 정자였다. 이것이 당신이 지금 존재하는 이유이다.

— 리처드 도킨스, 《이기적인 유전자》

나는 이 글을 읽고 펑펑 울기까지 할 만큼 임신, 생명 탄생의 경이로움에 남다른 감흥을 느끼는 사람이었다. 여기에 청약 가점이라는 키워드가 끼어들며, 임신=가점 5점이라는 등식이 새롭게 세워졌다. 그 때문에 종종 내게 임신은 해치워야 할 숙제, 마땅히 해내야 할 과업처럼 느껴지고 있다. 이렇게 생각하게 된 게 너무나 슬프고 씁쓸하다. 물론 막상 아이를 갖게 되면 청약이니 가점이니 따위보다 그 자체의 행복에 벅차오르겠지만, 잠시나마 이런 생각을 가졌다는 게 아직 있지도 않은 아이에게 벌써 미안하다.

남편이 삼고비를 넘길 때

남편은 3년 차. 그 유명한 삼고비를 직방으로 맞고 있다. 입사 3일, 3개월, 3년 차가 되면 어김없이 찾아온다는 삼고비. 삼고비 중에서도 3년 차의 삼고비는 악명 높다. 나 이제 뭘 좀 알 것 같은데 여전히 회사에서는 쓸모없는 부품인 것 같고 밑에서 치고 올라오는 후배와 위에서 내리누르는 선배 사이에서 옆구리 터질라, 노심초사 제자리를 보전해야 하는 불운한 존재 3년 차. 나의 3년 차가 어땠는지 떠올려본다. 일상을 버리고 일을 택했던 시기. 더 좋은 기회를 잡을까 지금의 안정을 택할까 고민하다가도 일단 쌓인 일을 쳐내기에 급급했던 시기. 음. 다시 돌아가고 싶지 않은 시기다.

삼고비 한가운데 선 남편은 스트레스 때문에 정수리에 맛소금 뿌린 듯 흰머리가 잔뜩 생겼다. 어떤 날 보면 여기가 하얗게 세고 그다음 날 보면 또 저기가 하얗게 셌다. 사람의 모발이 이렇게나 빨리 하얗게 변할 수 있구나, 이러다 곧 백발이 될 수도 있겠어. 매일 밤 인체의 신비를 깨달으며 경이로워했다. 남편은 흰머리를 얻고 근육을 잃었다. 밤마다 몸부림을 치며 괴로워했고 걸레 물 짜듯 살이 쭉쭉 빠졌다. 백수 시절에도 이렇게까지 힘들어하지 않았던 것 같은데. 남편의 몸이 행주처럼 너

덜너덜해졌다.

그러던 어느 날 남편이 일을 잠시 쉬고 싶다고 했다. 남편의 말이 끝나기가 무섭게 조만간 연장해야 하는 전세 대출이 떠올랐다. 내 명의로 받은 대출이지만 지금 나는 프리랜서. 대출 연장할 때 남편이 보증을 서줘야 했다. 그런데 남편이 회사를 그만두면? 길거리에 나앉게 생긴 거다. 쉬고 싶으면 사직서 내라는 말을 할 수가 없었다.

힘들 때 쉬고 싶다고 말해본 적이 없는 나는 마음 한구석이 무너져 내렸다. 그렇게 말할 수 있는 남편이 부럽기도 했다. 나는, 쉬어본 적이 없다. 늘 아르바이트를 두 개 이상 하면서 학교에 다녔다. 회사에서 다른 회사로 옮길 때도 일주일 이상 쉬어본 적이 없다. 9년 가까이 다닌 회사를 그만두고 나서도 온전히 쉬지 못했다. 주변에선 내가 여유롭게 삶을 즐기고 있는 것처럼 보였을지 모르겠지만 실상은 전투적이었다. 남편은 내게 "자기 인생 처음으로 이런 시간 갖는 거잖아. 마음 편하게 쉬어"라고 했지만 나는 그럴 수 없었다. 매달 고정비로 나가는 돈이 얼마인데 마음 편히 쉬어. 나에게는 경제생활을 안 하고 쉬는 DNA 자체가 없다. 그렇게 자랐고 그렇게 살았다. 남들도 다 그 정도는 하고 사는 줄 알았다. 그런데 쉰다니. 어떻게 쉬어? 쉴 땐 뭐하고 쉬는데?

"힘들어도 몇 달만 더 버텨줘."

미안함과 부러움, 서러움이 복잡하게 얽히는 와중에 겨우 말을 꺼냈다. 서른다섯 나이에 생애 첫 직장에서 생애 첫 슬럼프를 겪고 있을 남편을 떠올리면 마음이 아렸다. 남편이라도 편히 쉬었으면 좋겠지만 그리 말할 수 없는 나의 형편이 싫었다. 내가 더 능력 있었다면. 내가 더 돈을 많이 벌어두었더라면.

엄마. 엄마는 아주 꼬마일 때도 눈이 오는 날이면 밭을 걱정했다. 눈을 맞고 시들어갈 작물 근심에 잠을 이루지 못했다. 형제들이 세상모르고 코를 골며 잘 때도 엄마는 밭을 걱정했다. 나는 가끔 나에게서 엄마를 본다. 엄마도 그런 나를 안다. 그래서 엄마는 우리가 주는 용돈도 안 받으려 하고 쌀통이며 냉장고며 가득 채워준다. 나는 그게 싫고 미안해 엄마 앞에서 힘든 내색을 안 한다. 그런데도 엄마는 딸네 집에 내릴 눈을 걱정한다.

어머님. 남편은 어머님을 떠올렸다. 20년 넘게 다닌 회사를 그만두고도 단 며칠의 휴식 없이 새벽 우유 배달을 하셨던 어머님. 남편은 그런 어머님을 생각하며 아내인 나는 그러지 않길 바랐다고 했다. 우리 잠깐 돈이 곤궁해도 어떻게든 살게 되어 있다고. 너무 돈에 매몰돼 살지 말자고. 곤궁함이 무엇인지 눈으로 보고 피부로 느끼고 자란 나는 남편의 말이 고마웠지만 동의할 수는 없었다. 지금이야 생활비 걱정이지만, 언제고 생계비 걱정을 하게 될지 모를 일이다.

남편에게 삼고비 바람이 한차례 불고 난 지금. 우리는 곤궁하지 않을 미래를 위해 잠자리에 들기 직전까지 열심이다. 나는 더 열심히 글을 쓰고, 남편은 더 열심히 공부한다. 돈 때문에 남편이랑 싸우기 싫다. 돈 때문에 상처 주기도 싫고 받기도 싫다. 돈 때문에 서로를 아프게 하지 않으려면 돈이 있어야 한다. 적어도 곤궁하지 않을 만큼은. 그래서 나는 우리의 창고가 비어가는 게 무섭다. 우리가 돈 때문에 상처 주며 싸우게 될까 봐. 정말이지 나는, 그러고 싶지 않다.

우리도 사랑일까

평생 한 사람만 사랑하겠다는 약속인 결혼. 이 약속의 불완전함과 대책 없는 긍정성은 미혼 시절 내게 오랜 숙제이자 도전해보고 싶은 미지의 영역이었다. 내 마음이 변하지 않을 것을 어떻게 확신하고 결혼에 몸을 던질 수 있는 걸까. 이 원초적인 궁금증에 조바심이 날 때면, 먼저 결혼한 친구를 붙잡고는 "야, 진짜 남편만 사랑할 자신 있어? 정말 그래? 막 갑자기 다른 사람한테 설렐까 봐 무섭거나 그러지 않아?"라고 심문하듯 물어보곤 했다. 그때마다 돌아온 친구의 대답은 "어, 안 그러는데".

그렇다고 내가 바람기가 있다거나 남편을 못 믿는다거나 그것도 아니면 일처다부제 혹은 일부다처제를 지지한다는 뜻은 아니다. 그저, 사랑도 흔들릴 수 있는 거 아니냐는 거다. 영화 〈불한당: 나쁜 놈들의 세상〉에서 극 중 설경구는 임시완에게 "사람을 믿지 마, 상황을 믿어야지"라는 희대의 명대사를 내뱉는데, 나는 크게 공감했다. 과연 꿈에 그리던 이상형이 지극 정성을 다 바치며 구애해도(괜한 고민임을 안다) 과연 나는 흔들리지 않을 수 있을까. 사랑에 빠지지 않고는 못 배기는 상황이 다가와도, 나는 나 자신을 믿을 수 있을까.

영화 〈우리도 사랑일까〉에는 새로움이라는 상황 하나가 다가왔을 뿐인데도 속수무책으로 흔들리고 마는 여자가 등장한다. 주인공 마고는 장난기 많고 다정한 남편 루와 행복한 결혼생활을 만끽한다. 하지만 출장을 마치고 돌아오는 비행기에서 처음 만난 남자 대니얼에게 자기도 모르게 마음을 빼앗기고 결국 그와 불륜을 저지르고 만다. 새로워서 짜릿했던 대니얼과의 관계는 어느새 그저 그런 일상이 되어버리고, 마고는 그제야 자신이 저지른 일의 죗값을 받게 된다. 뒤늦은 후회와 돌이킬 수 없는 시간이라는 죗값을.

영화를 봤을 땐 20대였다. 광화문 거리는 차분한 가을바람으로 선선했고, 나는 영화가 남긴 여운에 짐짓 심란해졌다. 훗날 내가 마고가 되면 어쩌지. 느닷없이 새로운 남자와 사랑에 빠지면 어떻게 해야 하지. (미래의) 남편한테 어느 시점에서 솔직하게 말해야 할까. 아냐, 말 안 하고 혼자 속앓이하다 끝내야겠지? 한철 사랑인 양, 잊어야겠지. 없는 걱정도 기어이 만들어내는 나답게 아직 결혼도 안 했으면서 벌써 바람피우고 혼자 마음 정리까지 끝내버렸다. 나도 내가 가끔 질린다.

막상 결혼하고 나니 내가 바람피울까 걱정했던 고민은 전혀 예상 밖의 궤도로 흘러갔다. '바람이 뭐야, 몰라, 남편 하나로도 벅찬데 무슨 바람이야.' 딱 이 마음이다. 바람피우는 사람이 잘했고 잘났다는 건 아닌데, 어떤 면에선 정말 대단하다고 생각한다. 배우자 말고 다른 사람'도' (감정적으로든 신체적으로든) 상대하는 게 가능하다니. 대단들 하다.

현실 결혼생활에는 바람의 바 자도 끼어들 틈이 없다. 매일 맞춰가도 여전히 맞춰갈 것투성이인 남편이라는 존재, 시가라는 새롭게 맞이한 가족, 시기마다 달성해야 할 과업들과 그에 따른 심리적 부담감, 돈 벌기, 돈 관리, 분리수거, 빨래, 요리, 청소. 해치워야 할 일이 산더미다. 아직 애가 없는데도 이 정도다. 아니, 대체 언제 바람이라는 걸 피울 수 있냐는 말이다. 이 말이 시간이 없어 한눈 못 판다는 뜻은 아니다. 아주 기초적인 결혼의 업무들을 제대로 수행하고 있다면 애초에 불륜을 저지를 엄두도 못 낸다는 거다. 지구상에서 내 이상형에 가장 근접한 사람이 발가벗고 달려든다 해도 '아니 저기 짜증 나게 왜 이래요. 나 빨리 집에 가서 건조기 돌려야 하는데'라는 게 일반적인 유부인의 반응일 테다. 건조기는 다소 거친 예이고, 그만큼 결혼이 내 삶과 일상에 착 달라붙어 있는 이에게는 그 어떤 유혹이 닥쳐와도 애초에 그 상황이 유혹이 아닌 귀찮은 에피소드에 불과하다는 거다.

내가 속한 부부라는 조직을 안정적으로 꾸려나가려는 욕심은 일종의 본능이라 생각한다. 정착이라는 인류 최대의 본능. 누구와? 내가 선택한 배우자와 함께 말이다. 우리의 방식대로 따뜻하고 평온한 가정을 지키려는 마음이 모든 욕망에 앞선다. 그것은 단순히 책임감만으로 설명할 수 있는 감정은 아니다. 배우자가 이 가정의 품 안에서 더 행복하기를, 더 포근하기를 바란다. 그리고 나 역시 그와 함께 가정이라는 토양에 물을 주고, 볕이 깃들길 노력하고 싶다. 함께, 잘해보고 싶은 마음인 거다. 그가 행복하면 나도 행복하니까.

그런데 그 와중에 다른 이에게 마음이 간다고? 글쎄, 난 잘 모르겠다. '가정에 충실하다'라는 빤한 말은 실상 굉장히 복잡하고 힘든 과제다. 그래서 이 성실한 기혼자의 삶이 아닌 자유로운 미혼자의 삶을 꿈꾸면 꿈꿨지, 기혼 상태에서 바람을 피운다는 건 나로서는 상상조차 하기 싫을 만큼 고단한 일이다.

〈우리도 사랑일까〉에서 마고는 남편과 헤어지고 나서야 매일 샤워 중 쏟아진 찬물이 남편이 했던 장난임을 알게 된다. 남편은 "지금껏 샤워기가 고장 난 게 아니고 내가 뿌린 거야. 훗날 늙으면 추억으로 말하려고 했어"라고 고백한다. 고작 잠깐의 달뜬 흔들림 때문에 마고는 남편의 귀여운 장난을, 다정한 온기를 다시는 만질 수 없게 되었다. 마고는 주저앉아 서럽게 울지만 이미 늦었다. 나는 지금 내 앞에서 신나게 냉커피를 마시고 있는 남편과 가능하면 평생토록 복작복작 살고 싶다. 오래도록 안온한 우리 가정 안에서 살고픈 마음뿐이다. 뒤늦게 마고처럼 눈물 흘리고 싶지 않다. 남편에게 너도 그러하냐고 물으니 "난 자기 하나로도 벅차"란다. 정답. 이 벅찬 결혼생활, 더 열심히 살아보기에도 인생은 짧다.

5부.

친정집 냄새가 그리워

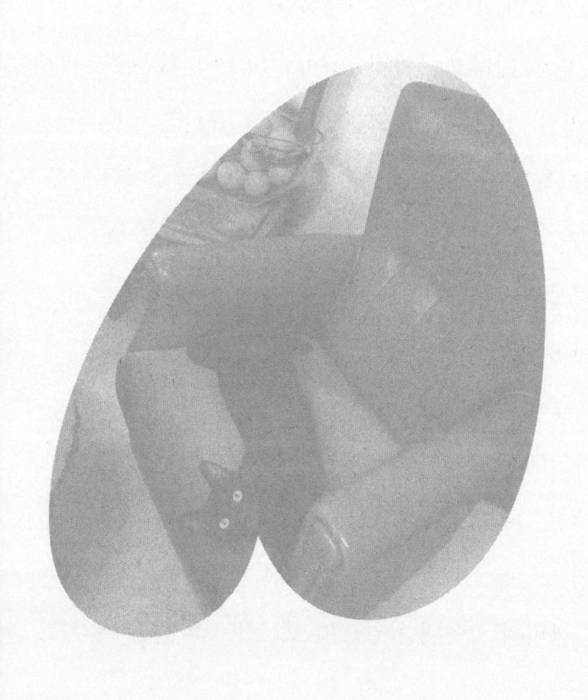

낙엽빛 요크셔

까미를 처음 만난 건 단풍이 고왔던 2004년 가을. 까미는 삼촌의 지인이 키우던 반려견이었다. 분당 이층집에서 평화롭게 지내던 까미는 반려인의 갑작스러운 사정으로 늦은 밤 낯선 사람이 모는 차를 타고 우리 집까지 왔다. 정든 주인집과 난데없이 생이별하게 된 까미는 우리 집에 온 날의 기억 때문인지 차만 탔다 하면 빽빽 울어댔다.

까미는 귀가 토끼처럼 쫑긋하고 눈이 호수처럼 크고 맑은 요크셔테리어였다. 밖에 데리고 나가면 "아이고, 고 녀석 참 예쁘게도 생겼네" 소리를 자주 듣던 요크셔 중에서도 유난히 예쁜 아이였다. 까미는 우리 집에 온 첫날부터 알아서 화장실에서 볼일을 보고, '앉아, 일어서, 손, 엎드려' 풀세트를 가르치지 않았는데도 척척 해냈다. 그렇게 까미는 우리 집에서 막내딸 노릇을 톡톡히 해내며 온 가족의 사랑을 담뿍 받았다.

까미는 햇빛을 좋아했다. 거실 바닥에 햇살 한 줌이 쏟아지면, 그 쏟아진 자리에 배를 쭉 깔고 누워 나를 빼꼼히 쳐다봤다. 눈빛의 뜻을 아는 나는 소파에서 내려와 까미 옆에 따라 눕곤 했다. 볕을 쬐 노곤노곤해진 강아지에게선 참기름에 구운 빵 냄새가 났다. 까미의 꼬순내를 맡으며 보드랍고 따뜻한 햇

볕을 함께 나눴다. 나는 그 순간이 그렇게나 좋았다. 그 순간이 오래도록 이어지길 바랐다. 까미의 등에 얼굴을 파묻고 속삭였다. "까미야. 딱 10년만 더 살자, 딱 10년만 더."

까미가 아프기 시작한 건 언제부터였을까. 아마 우리가 알아채기 훨씬 전부터 온몸 곳곳이 망가졌겠지. 그걸 생각하면 가슴이 미어진다. 내가 남편과 사귈 즈음부터 까미는 다리를 절었다. 하루가 다르게 상태가 나빠졌다. 새벽이면 통증이 찾아오는지 낑낑 우는 날이 늘었다. 까미는 아픈 몸을 이끌고 꼭 화장실에서 오줌을, 베란다에서 똥을 쌌다. 다리가 아파 겨우 화장실 턱을 넘으면서도, 오줌이 묻는 게 싫어 다리 한쪽을 들고 싸던 깔끔쟁이 까미. 내가 데이트한다고 밖에 돌아다니는 사이, 까미는 홀로 집에서 병들어갔다.

결혼 준비하기 1년 전부터 까미의 상태는 더욱 나빠졌다. 매일 밤 서너 번씩 통증에 울부짖으며 온 가족을 깨웠다. 몸에 제 오줌 묻는 것도 싫어하던 까미는 매일 오줌과 똥을 뭉개며 울었다. 병원에선 허리 디스크가 모두 터졌다고, 고통이 엄청날 거라고 했다. 스테로이드 처방을 받고 오면 며칠 괜찮다 싶다가도 다시 원래 상태로 돌아갔다. 까미가 아파하는 만큼 온 가족이 힘겨워했다. 마지막으로 통잠을 잔 게 언제인가 싶을 만큼 매일 밤 까미의 울음소리와 함께 깼다. 엄마도, 아빠도, 나도 까미에게 몇 번인가 소리 지르며 화를 냈던 것 같다. 긴 병에 효자 없다는 말을 그때 조금이나마 느낄 수 있었다.

까미가 아프고 난 뒤 나는 뭘 해도 온전히 행복하지 않았고, 일상이 어딘가 어긋난 채로 돌아가는 것 같았다. 잠을 못 자 머리는 띵하고, 아픈 까미를 보는 것만으로도 괴로웠다. 아픈 강아지에게선 꼬순내 대신 고약한 냄새가 났다. 집에 들어서자마자 코를 찌르는 까미의 냄새마저 날 힘들게 했다. 엄마 아빠는 까미가 유독 심하게 우는 날이면 "우리 까미가 정을 떼려고 그러나 보다" 하며 한숨을 내쉬었다.

신혼집에서 살기 시작했을 때, 솔직히 조금은 후련했다. 더는 아픈 까미를 보며 속상해하지 않아도 된다는 사실, 새벽마다 강아지의 괴로운 울부짖음에 깨지 않아도 된다는 사실에서 해방감을 느꼈다. 그런 마음이 들 때면 까미에게 미안했다. 냄새 나는 쿠션 위에서 몸부림치고 있을 까미를 떠올리면 가슴이 찢어졌지만 잊으려 애썼다. 떠올리지 않으려 애썼다.

내가 친정집에서 나오고 두 달 뒤, 까미는 무지개다리를 건넜다. 어느 날 밤 엄마에게 울며 전화가 왔다. “까미가 배내똥을 싼다. 오늘 갈 것 같다, 얘.” 남편과 나는 친정집으로 한걸음에 달려갔다. 눈앞에 죽어가는 까미가 있었다. 동네가 떠나가라 소리를 지르며 괴로워하는 까미가. 남편과 나는 다음 날 아침으로 까미의 안락사를 예약했다. 엄마는 출근 전 까미를 곱게 씻기고, 털을 말렸다. “까미야 고생했어. 잘 가.” 엄마는 애써 씩씩하게 출근했다. 눈도 제대로 뜨지 못하는 까미를 품에 안고 안락사를 시킬 병원으로 향했다. 평소 같으면 차에 타기 싫다고 빽빽거릴 까미는 부르르 몸을 떨기만 했다. 병원에는 까미와 똑같이 생긴 요크셔가 진료받기 위해 대기 중이었다. 의사는 그 요크셔 주인의 눈치를 보며 우리를 황급히 안으로 불렀고, 우린 이런저런 설명을 듣고 정신없이 수술실 밖으로 나왔다. 남편이 나 대신 까미의 마지막을 지켜봐 줬다. 아프지 않게 조용히, 평온하게 갔다고 했다. 까미를 안고 화장터로 향했다. 내 품에 안긴 까미는 더는 냄새가 나지도, 울지도 않는 예쁜 요크셔였다. 금방이라도 일어나 낑낑거릴 것 같은데. 기분이 이상했다. 샴푸 냄새를 풍기며 곤히 자고 있는 까미가 내 품에 있었다.

까미를 보내고 한동안은 생각만큼 눈물이 안 났다. 약간의 해방감과 안도감이 슬픔에 앞섰다. 하지만 시간이 흐를수록 죄책감과 그리움이 시도 때도 없이 찾아왔다. 샤워하다가도, 잠을 자다가도 까미 생각에 목 놓아 울었다. 꿈에서도 자주 나왔다. 마지막 모습처럼 보송보송한 얼굴을 하고 나를 새초롬하게 쳐다보는 까미. 어떤 날은 다리를 저는 모습으로, 어떤 날은 건강히 뛰어노는 모습으로 꿈에 나왔다. 까미 꿈에서 깬 날이면 여지없이 눈물을 쏟아냈다.

오래된 아파트 단지라 그런지 신혼집 동네엔 노견이 많다. 산책길에 꼭 한 번씩은 요크셔를 본다. 2000년대 초반 유행했던 요크셔들은 이젠 모두 노견이 됐다. 낙엽 빛깔 노르스름한 털을 낮게 휘날리며 굽은 등으로 길을 걷는 요크셔를 마주치면 나는 여지없이 눈물이 왈칵 쏟아진다. 주인에게 예의가 아닌 것 같아 저 멀리 요크셔가 보이면 길을 빙 돌아간다. 그들도 나처럼 매일 강아지와 이별을 준비하고 있을 것을 알기에. "딱 10년만 더 살자, 우리 애기"를 강아지 등에 속삭일 것을 알기에. 아픈 아이 때문에 매일 밤을 근심과 눈물로 지새울 것을 알기에.

언니가 사는 신혼집 구경 못 시켜줘서 미안해, 까미야. 낯선 병원에서 너를 그렇게 보내서 미안해, 까미야. 새벽마다 운다고 소리 질러서, 너 없이 포리랑 만두만 데리고 산책하러 나가서 미안해, 까미야. 언니는 아직도 집에 가면 네가 누워 있던 모습이 눈에 선해. 내 무릎 위에서 곤히 낮잠 자던 네 온기가 아직도 생생해. 보고 싶어, 까미야. 언니랑 꼭 다시 만나자. 아프지 말고, 건강히 다시 만나자. 까미야, 꼭 다시 만나자. 미안해, 사랑해, 까미야.

코디 아줌마한테 잘 보이고 싶어

결혼 후, 엄마 품을 벗어났다는 걸 가장 체감할 땐 아무래도 주방 관련 업무를 도맡아 할 때다. 엄마는 눈 감고도 뚝딱 만들어내던 청국장찌개를 주방을 전쟁통으로 만들어놓고 나서야 겨우 해낼 때면 엄마가 새삼 대단해 보이고, 엄마처럼 모든 요리에 깨소금을 솔솔 뿌리니 꽤 그럴싸해 보일 땐 나도 이제 제법 요리 대가의 면모를 갖췄는가 싶어 우쭐해진다.

특히, 정수기 코디 아줌마와 일정을 조율할 때면 내가 이 집 주방 짱임을 실감한다(요리는 내가 총책임, 그 외 유지보수는 남편이 책임자다). 친정집에선 엄마가 정수기 점검일을 정했다. 엄마는 토요일에도 출근했기에 코디 아줌마와 상대하는 건 주로 나였지만, 사실 크게 관심 없었다. 부엌은 잘 정돈되어 있는지, 점검은 꼼꼼하게 해주시는지. 친정집 주방 짱은 엄마였기에 나는 TV 리모컨이나 전화기를 만지작거리다 점검이 끝나면 휴대용 단말기에 적당히 사인하곤 친절히 아주머니를 배웅하는 것으로 내 역할은 다했다고 생각했다.

결혼 후 처음으로 코디 아줌마를 맞이하던 날. 친정집에서 늘 해왔던 일이지만 왠지 조금 떨렸다. 살림 고수 아주머니가 풋내기 내 주방을 보고 혀를 끌끌 차시진 않을까 조마조마했던 거다. 에잉, 프라이팬은 이렇게 쓰는 거 아녀 새댁. 에잉, 국자는 딱딱 쓰기 좋게 걸어둬야지. 이럴까 봐서. 친정집에서는 단 한 번도 생각해보지 않았던 고민이기에 나조차도 긴장한 나 자신이 낯설었다. 내가 왜 이러지. 왜 손에서 땀이 나지. 마치 나의 미천한 살림 깜냥을 평가받는 오디션처럼 긴장됐다. '그 어떤 비평을 듣더라도 달게 받아들이자. 코디 아줌마는 살림 고수다.' 상식적으로 코디 아주머니가 남의 집 살림살이를 보고 안 좋은 소리를 할 리가 없는데도 내게 상식 따윈 중요하지 않았다. 오로지 내 주방을 낯선 살림 고수에게 보여준다는 생각에 사로잡혀 점심도 먹는 둥 마는 둥 했다.

띵동. 문이 열리고 코디 아줌마가 들어오셨다. 아줌마는 머리부터 발끝까지 발랄 기운을 풍기며 정수기가 놓인 싱크대 앞으로 성큼 걸어가셨다. 두근두근. 나는 마른침을 꼴깍 삼키며 어색하게 서 있었다.

"어머—, 이런 건 또 어디서 샀대. 이게 뭐예요? 옴마야, 예쁜 것—. 요새 젊은 사람들은 요런 야무진 것도 잘 사."

아줌마는 어설프지만 뭔가를 해 먹고 살긴 사는 티가 나는 내 주방 살림들을 보고선 '오홍—' 하는 표정을 지으셨다. 뒤이어 코디 아줌마는 주방을 넘어 거실 구석구석까지 재빨리 훑으셨다. '좁은 집에서 제법 아기자기하게 해놓고 사네'라는 눈빛이었다. 휴. 고수님께 일단 1차 관문은 통과했다는 느낌에 그제야 마음이 풀렸다.

"새댁—, 혹시 요리할 때 재료 담는 통 필요해요? 튀김 같은 것 올려놓기도 좋고 두루두루 쓸 만해요. 줘도 짐 될까 봐 혹시나 해서."

"오! 주세요 주세요!"

고수의 비법이 담긴 아이템을 사사하는 듯 영광스러웠다, 면 조금 과장이고. 살림인의 세계로 들어온 것을 환영한다는 증표 혹은 자격증처럼 느껴져 어깨가 한껏 우쭐해졌다. 20대 때 남자, 화장, 옷, 다이어트로 대표되는 걸즈토크가 있었다면 30대는 살림템으로 의기투합하는 미즈토크인 건가! 그런 건가! 며칠 전에도 아파트 오일장에 장 보러 나갔다가 아주머니 사장님들과 정신 줄을 놓고 수다를 나눴다. 세 끼 반찬거리 고민과 집안일의 무궁무진함에 대한 이야길 하며 깔깔 웃었다. 가만 생각해보니 결혼하고 종종 엄마가 언니처럼 느껴지곤 했다. 뭐랄까, 유부인으로서의 진한 유대감과 소속감을 공유하는 유부녀 선배, 언니 뭐 이런 감정. 모녀 애착을 결혼한 여성으로서 느끼는 동지애가 역전할 때면 신기했다. 30년 넘게 엄마와 딸로 지내온 관계가 이런 식으로도 환기될 수 있구나 싶어서.

그나저나, 오늘은 코디 아줌마 오시는 날이다. 괜히 싱크대의 물기를 한 번 더 닦으며 경건한 마음으로 기다리고 있다. 레인지 위에 놓인 빨간 손잡이 찜기를 아주머니가 알아봐 줄까 약간의 기대를 해보면서. 오늘은 또 어떤 미즈토크로 웃음꽃을 피울까 설레는 마음을 품으면서. 살림 고수님! 이거 귀엽기만 한 게 아니라 쓰기도 십상 좋아요! 예쁘죠! 잘 샀죠?!

수상한 장모의 비밀

나는 엄마가 이렇게나 애교가 많은 사람인 걸
결혼하고 나서야 알았다.
남편을 볼 때마다 하이톤으로 외치는 엄마의 한마디.

"울 사위—."

앉으나 서나 구 서방 걱정인 울 엄마.

남편과 나는 그런 엄마를 두고
'수상한 장모'라는 장난스러운 별명을 붙였다.
엄마는 아는지 모르겠지만.

엄마는 복날이면 삼계탕을 한 솥 끓여 집 앞에 가져다주고,
남편이 뭘 좋아할지 매일 고민이다.
남편이 잘 먹는 것을 발견하면
손이 아파 뼈 주사를 맞더라도 만두를 빚는 엄마다.

"엄마, 구 서방이 그렇게나 예뻐?"

"예쁘지. 요새 구 서방처럼 착한 사람이 어디 있니."
"맞아. 구 서방 착하지."

"그리고 얘, 엄마가 구 서방한테 잘하면
구 서방이 너한테 더 잘할 거 아니니."
"엄마, 안 그래도 구 서방 나한테 잘해."
"잘하지, 그래도 더 잘해줄까 싶은 마음에 그러는 거지.
친정엄마들은 다 그래, 얘."

오늘도 구 서방 생각뿐인 수상한 장모, 울 엄마.

"울 사위 열무김치 좋아하길래 담가준다고 약속했는데,
시장에 열무가 없네. 못 만들어줘서 어쩜 좋니."

근심 한가득 담긴 엄마의 문자.

정작 울 사위는 기억도 못 하는 약속.
고맙고 귀여운 울 엄마.

사위 사랑은 장모 사랑인가 보다.

쥐똥 굴러다니는 단칸방, 그리고 고등어자반

우리 집, 그러니까 친정집은 정말이지 가난했다. 보증금 200만 원에 월세 8만 원. 그 좁디좁은 방에서 우리 세 식구는 내가 열 살이었던 1996년까지 살았다. 가난은 참 먼지 같아서, 아무리 털어내도 다시 낡은 옷깃에 들러붙었다. 그 시절이 그랬다. 열 살짜리가 본능적으로 느낀 가난은 그랬다.

지금은 구경하기도 힘든 연탄을 때는 집이었다. 큰아버지 댁에서 가져온 세탁기는 둘 곳이 없어 집 밖에 내놔야 했다. 겨울이면 얼어붙는 세탁기 때문에 엄마는 꽁꽁 언 손을 녹이며 손빨래를 했다. 시골 외할머니 댁엘 다녀오느라 며칠 집을 비우면, 다락방에 쥐똥이 굴러다니는 그런 집이었다. 이 글을 쓰며 절대 울지 않으려 다짐했는데 결국 울어버렸다.

'아, 쥐똥이라니!'

서른다섯의 나는 이렇게나 약해빠졌는데, 그 시절의 나는 단칸방을 창피하게 생각하면 엄마가 속상해할 것을 아는 기특한 아이였다. 초라한 단칸방이지만 매일같이 친구들을 불러 놀았다. 용돈을 모아 산 책을 함께 읽고, 유선방송에서 틀어주는 외화를 보며 내용도 모르고 깔깔거렸다. 가난했지만 행복한 그때였다.

친구들이 각자 저녁을 먹으러 집으로 돌아가면 홀로 남아 엄마를 기다렸다. 엄마는 신림동 고시촌의 한 하숙집에서 가사도우미 일을 했다. 서울대생들의 밥을 차려주고 빨래를 해줬다. 저녁놀이 지는 초저녁, 현관 문턱에 앉아 땅에 떨어진 분필로 낙서를 하고 있으면 저 멀리 엄마가 환하게 웃으며 언덕길을 올라왔다.

"우리 딸 배고프지. 엄마가 금방 고등어 구워줄게."

없는 살림이었지만 우리 집 밥상에는 늘 고등어자반이 올라왔다. 등 푸른 생선이 두뇌 발달에 좋기 때문이었다(당시 엄마는 내가 서울대 교수님이 될 것이라고 아주 강하게 믿고 있었다). 하나밖에 없는 딸에게 다른 건 풍족하게 못 해줘도 고등어만큼은 꼭 먹이고 싶은 엄마의 마음. 그 따뜻한 마음과 함께 고소한 고등어자반 굽는 냄새가 좁은 집을 가득 채웠다.

엄마가 고등어를 굽는 동안 그 옆에서 세수했다. 부엌과 욕실이 함께 있는 집이었다(화장실은 현관문 밖으로 빙 둘러 나가야 있었다). 힐끗 엄마를 봤다. 종일 부엌일을 했을 엄마는 힘든 내

색도 없이 또 부엌일을 했다. 종일 남의 집 자식들 밥을 해 먹이고 이제야 내 딸 밥을 차린다. 엄마는, 서른다섯 지금의 나보다 고작 서너 살 많았을 그때의 엄마는, 대체 얼마나 단단한 마음으로 나를 키운 것일까.

생활력 강한 엄마 덕분에 우리 가족은 단칸방 월세를 벗어나 반지하 전세로, 반지하에서 1층으로 터전을 넓혀나갔다. 그리고 내가 고3이 되던 해 이층집 내 집 마련에 성공했다. 우리가 살던 단칸방 위엔 재개발 아파트 단지가 들어섰다. 엄마를 기다리던 언덕길, 엄마가 고등어를 사던 시장은 흔적도 없이 사라졌다.

우리 신혼집은 내가 태어난 해에 지어진 실평수 12평짜리 오래된 아파트다. 손품, 발품 팔아 우리가 받을 수 있는 가장 싼 전세 대출을 찾아 마련한 집. 방이 좁아 옷장은 거실로 나와 있고, 겨울이면 녹물이 나온다. 1년에 보름 정도는 수도관 점검으로 온수가 중단되기도 한다. 창문을 열면 비행기 소리, 지하철 선로 소리가 한데 섞여 TV 소리를 뒤덮는 곳.

남편은 집 참 좁다며 자주 투덜대지만 나는 작은 도마 하나

놓으면 꽉 차는 싱크대 앞에 설 때마다 엄마가 떠올라 코끝이 아린다. 엄마의 신혼집은 이보다 허름했을 텐데. 우리의 신혼보다 몇 곱절은 더 고단했을 텐데. 밥상 위에 고등어자반 말고 고기반찬도 올려놓고 싶었을 텐데.

이 무슨 운명의 장난인지 나는 고등어라면 질색을 하는 남자를 만났다. 결혼 후 처음으로 맞이한 내 생일. 남편은 '컬리 여사님'의 도움을 받아 고등어자반 생일상을 차려줬다. 깔끔하게 손질된 고등어를 팬 위에 올리면 끝. 남편은 '나 잘했지?'라는 표정으로 싱글벙글했다. 고맙고 귀여웠지만 난 엄마가 차려주던 밥상이 떠올라 눈가에 눈물이 고이는 걸 애써 참았다.

신혼은 엄마를 엄마가 아닌 '인간 지 여사'로 바라보게 만든다. 타고나길 속이 깊은 사람이었다면 결혼이란 큰일 치르지 않아도 자연스레 깨달았을 테지만, 그렇지 못한 난 이 험난한 과정을 겪고 나서야 엄마가 날 때부터 엄마가 아니었음을, 엄마가 어떤 마음으로 나를 키우고 고단한 삶을 보내왔는지를 아주 조금이나마 가늠할 수 있게 됐다. 결혼이 선사한 애틋한 수확 중 하나다.

단칸방에서 종일 당신을 기다렸을 딸을 위해 차린 고등어자반 한 상. 결혼하고 나니 유독 그 밥상이 그립다. 햇살 좋은 어느 날, 친정집 가는 길에 고등어 한 손 사 가야지. 엄마를 위해 고등어를 맛나게 구워 밥을 차려야지. 그 시절의 나처럼 아무렇지도 않은 척, 씩씩하게 엄마와 밥을 먹어야지. 그러고는 고맙다고, 고마웠다고 엄마의 굽은 손을 꼭 끌어 잡아야지.

구글에 감사드립니다

한창 이사 갈 집을 알아보던 때였다. 현실 가능한 전세 보증금에, 어느 정도 괜찮은 환경의 매물을 찾기란 우리 생각보다 훨씬 어려운 일이었다. 부동산 사이트와 구글 지도를 오가며 그럴싸한 매물 정보와 초라한 현실의 차이에 고개를 절레절레 흔들던 어느 날이었다.

남편이 친정집 근처를 구글 위성 지도로 이리저리 훑어보더니, 내가 살던 단칸방이 궁금하다는 거다. 남편은 내 글을 읽고 나서야 내 어릴 적 이야길 알게 되었다. 일부러 감춘 건 아니다. 그저 다짜고짜 '나 초등학교 저학년 때까지 단칸방에서 살았어'라고 말할 기회가 없었달까. 이렇게까지 비장하게 말할 일도 아니라 생각했고. 근데 그 집을 무슨 수로 본다는 거지? 내가 살던 집 위로는 호가 15억 원에 육박하는 아파트 단지가 들어섰는데? 아예 동네가 통째로 없어졌는걸?

남편이 구글 메뉴를 이리저리 클릭하니 화면 속 사진은 순식간에 아파트가 들어서기 전으로 돌아갔다(연도별 검색이 가능하다니!). 거기에 내가 살던 언덕배기 동네가 고스란히 담겨 있었다. 쭈그리고 앉아 엄마를 기다리던 조그마한 은색 현관문과 계단, 혼자 엄마를 기다리는 나를 불러 새우깡을 손에 쥐여준 언니가 살던 반지하 아랫집, 공부 잘하는 중학생 언니가 살던 옆집, 그리고 문 앞에 연탄을 가득 쌓아놓던 우리 단칸방까지 빼꼼히 보였다. 저 은색 문을 열고 들어가면 당장이라도 우리 세 가족이 〈가족오락관〉을 보며 깔깔거리고 있을 것처럼 생생했다. 엄마가 고소한 고등어자반을 굽고 있을 것만 같았다. 내가 바닥에 배를 깔고 엎드려 눈높이 수학을 풀고 있을 것만 같았다.

눈물이 주체할 수 없이 흘렀다. 꺼이꺼이. 옆을 돌아보니 남편도 함께 울고 있었다. 꺼이꺼이. 축축하던 눈가가 순식간에 바싹 건조되는 걸 느꼈다. 놀람이 슬픔을 역전했다.

“자기 울어?!”

남편이 우는 모습을 본 건 단 두 번. 유럽 테러가 극심하던 때에 나 홀로 프랑스 출장을 떠나는 출국길에서, 그리고 이날.

“꼬맹이 김수정이 눈 동그랗게 뜨고 혼자 여기 앉아서 어머님 기다렸을 거 생가악… 하니까하… 흑.”

지금껏 나는 유년기의 기억이 서럽지 않았다. 단 한 번도. 엄마 아빠는 더한 고생도 하며 살았는걸. 애써 숨길 만큼 창피한 과거라 생각하지도 않았을 뿐더러 무용담처럼 떠들 만큼 특별한 일이라고도 생각하지 않았다.

대학생 때 서울대공원에서 알바했을 때의 일이다. 팀 매니저님이 아들의 공부를 도와달라며 내게 과외를 부탁했다. 그러면서 "집이 과천 저 끄트머리에 있는데, 많이 좁을 거야. 창피하네"라고 하는 거다. 집이 좁으면 얼마나 좁기에 창피하기까지 할까 싶었다. 매니저님에게 받은 주소로 찾아간 집은 내가 살던 단칸방과 비슷한 크기였다. 욕실, 부엌, 방의 경계가 없는 한 칸짜리 집. 그곳에서 꼬마애는 엄마의 퇴근을 기다리며 혼자 과자 부스러기를 주워 먹고 있었다. 과외라는 걸 처음 받아본다고 했다. 그때 나는 단칸방의 어린 내가 떠올랐지만 큰 감흥은 없었다. 다들 이런 때도, 저런 때도 있는 거지, 라면서.

그런데 결혼하고 나서는 단칸방 기억이 애틋해졌다. 아마도 엄마 때문일 거고, 역시나 엄마 때문일 테다. 엄마는 종종 "단칸방에서 살 때가 힘들었지만 행복했어. 너 키우는 게 얼마나 재밌었는데"라고 말한다. '재밌었다니, 그럴 리가'라고 반박하고 싶지만 엄마의 미화된 기억을 애써 정정하고 싶진 않다.

그리고 이제, 그때의 추억이 애틋해진 이유가 하나 더 생겼다. 남편과 나의 역사가 짧단 생각이 들 때면 아쉽곤 했는데, 서로의 몰랐던 어린 시절을 사진으로나마 확인하게 된 거다(구글 지도는 화질이 끝내주게 좋다). 이제 그 조그만 집 앞에 남편도 함께 엄마를 기다리고 있는 듯하다. 꼬맹이 남편과 내가 세트로 쪼그리고 앉아 기다리고 있으면 엄마는 "울 사위—"라며 나보다 남편을 더 반기겠지. 상상해보니 귀엽고 웃기다. 구글 덕분에 이런 상상도 해본다.

웨딩드레스와 중환자실

웨딩 화보를 찍은 다음 날이었다. 웨딩드레스를 입고 평생의 예쁜 척을 하루 동안 다 쏟아내느라 머리, 어깨, 무릎, 다리가 경련을 일으키듯 뻐근하게 아팠다. 카메라 마사지의 여운이 아직 남았는지, 내가 봐도 화장 하나는 곱게 된 날이었다. 카메라 앞에 서는 연예인이 새삼 대단하다고 느끼며 모 연예인 인터뷰 일정을 소화하던 별 좋은 어느 가을날이었다.

인터뷰를 마치고 원고 마감을 위해 근처 카페로 향하는 길. 왠지 아빠에게 전화를 걸고 싶었다. 그냥, 느낌이 그랬다. 아빠는 3년 전부터 1년에 절반은 파주에서 홀로 지내고 있다. 몇 해 전 팔과 다리를 연이어 다쳐 자의 반 타의 반 일을 그만두게 되었는데, 노느니 뭐하냐며 일자리를 구한 곳이 파주에 있었다. 쉬엄쉬엄해도 되는 일이었고 넓은 사택에서 소소하게 밭을 가꾸며 지낼 수 있었기에, 적적하지만 경제 활동을 하고 있다는 뿌듯함이 아빠를 건강하게 만들었다, 고 생각했다.

평소 같으면 "아이고, 우리 딸내미"라며 다정하게 전화를 받는 아빠의 목소리에 짜증이 섞여 있었다. 나의 '전화는 용건만 간단히' 주의는 100% 아빠에게 물려받은 것인데, 이날은 아빠의 용건만 간단히 주의가 유독 더 강하게 느껴졌다. 할 말 없으면 끊으라는 짜증이 수화기 너머로 느껴졌고, 나는 황급히 통화를 마무리했다. 아빠에게도 내가 모를 골치 아픈 일이 있을 수 있는 법이니까, 라며 카페로 바삐 발걸음을 옮겼다.

카페에 앉자마자 전화벨이 울렸다. 발신자는 031로 시작하는 낯선 번호. 신혼집을 알아보기 시작하면서부터 "여사님—, 신도시 분양 안내해드려요—"라는 광고 전화가 하루에도 몇 통은 걸려왔기에 이번에도 스팸 전화겠거니 심드렁하게 받았다.

"의정부 성모병원 응급실인데요, 김○○ 님 따님 맞으시죠."

심장이 덜컹 내려앉았다. 지구의 자전이 온몸으로 느껴졌다. 어지러웠다.

"아버님께서 쓰러지셔서 응급실에 실려 오셨어요. 지금 빨리 오셔야 할 것 같아요."

손이 벌벌 떨리고 눈앞이 노래졌다. 눈앞이 노래진다는 말이 과장된 표현이 아니란 것을 나는 그날 체험했다. 아무것도 보이질 않았다. 광화문에서 의정부까지 가려면 어떻게 가야 하나, 택시부터 부랴부랴 잡았다. 한창 회사에서 일하고 있을 엄마와 남편에게 전화했다. 아빠가 쓰러져 지금 빨리 의정부로 가야 한다고. 나는 전화를 끊자마자 파르르 떨며 울었다. 기사님은 아버님 괜찮으실 거라고, 손님이 정신을 딱 붙잡아야 한다고 했다. 그렇게 말하는 기사님의 목소리도 함께 떨리고 있었다.

다시 병원에서 전화가 왔다. 내가 도착할 때까지 기다리면 너무 위험할 것 같다며, 일단 시술하겠다고 말이다. 시술이 잘못될 수도 있다고 했다. 의정부로 향하는 한 시간 동안 대체 무슨 정신으로 버텼는지 기억나지 않는다. 목 놓아 울며 기도했다. 아빠를 살려달라고, 제발 아빠를 살려달라고.

아빠의 시술실 앞에서 발을 동동 구르며 울었다. 악! 하는 아빠의 비명이 들렸다. 나는 주저앉았다. 저 안에선 무슨 일이 일어나고 있는 걸까, 아빠는 살 수 있을까. 그 순간 남편이 사색이 되어 시술실을 찾아왔다. 남편의 얼굴을 보자마자 풀어졌던 정신을 다잡았다.

'이제 우리가 부모님을 지켜야 하는구나.'

나는 남편의 존재에 내가 외동딸임을 새삼 환기했다. 피붙이가 아닌 남편이 회사 일도 제쳐두고 한걸음에 달려와 준 사실 때문이었을까. 아, 내가 이제 정말 엄마 아빠의 울타리에서 저만치 멀리 떨어져 나왔구나. 그 정신없는 와중에도 이런 마음에 더없이 외로워졌다.

남편의 손을 꼭 붙잡고 아빠가 나오기를 하염없이 기다렸다. 얼마나 지났을까. 의사 선생님이 우릴 불렀다. 아빠는 급성 심근경색이었고, 중요한 혈관들이 모두 막혀 언제 쓰러져 급사해도 이상할 게 없는 상황이었다고 했다. 시술 중 한차례 심정지까지 찾아와 심장의 많은 부분이 괴사했다고도 했다. 일단 급한 불은 껐는데 수일 내에 또 위험한 상황이 찾아올 수도 있으니 마음의 준비를 하라고 심각한 표정으로 일러줬다.

뒤늦게 병원으로 온 엄마가 엉엉 울었다. 나는 차마 울 수 없었다. 내가 울면 이 모든 게 악몽이 아닌 현실이 될 것 같았다. 나는 애써 아무렇지도 않은 척, 엄마에게 밥을 먹자고 했다. 아빠 시술이 잘 돼 정말 다행이라고, 우리 아빠 명 한번 길다고. 엄마의 큰 눈에 눈물이 가득 고였다. 엄마가 반찬을 짜게 만들어다 줘 아빠가 아픈 것 같다며 우는 엄마. 괜히 아빠에게 파주 일자리를 알아봐 줘 아빠가 쓰러진 것 같다며 아이처럼 우는 엄마. 사실 나는 아빠가 아픈 게 꼭 내 탓 같았다. 결혼도 전에 신혼집에 먼저 들어간 나 때문인 것 같았다. 아빠와 하루라도 더 같이 있을걸, 같이 밥을 먹을걸. 마음이 찢어지듯 아팠다.

아빠는 쓰러지던 날, 그러니까 오후에 나와 통화했을 때 6개월간의 파주 생활을 마무리하고 신림동 집으로 돌아오는 길이었다. 아빠는 농사지은 채소와 고춧가루, 옷가지를 쌀 포대와 배낭에 한가득 담아 들고 땡볕에서 마을버스를 기다리고 있었다. 사위나 딸에게 부탁하기 미안해서 혼자 무거운 짐을 들고 올 생각이었던 거다. 그러다 급체한 듯 숨이 막히고 가슴이 아파 119를 부르곤 그 자리에서 쓰러졌다, 고 아빠가 뒤늦게 말했다. 지나가던 사람들 그 누구도 아빠를 도와주지 않았단다. 대낮의 취객이겠거니, 이상한 눈초리로 쳐다보고 모른 체했다는 아빠의 말에 화가 치밀었다.

시술을 끝낸 아빠는 중환자실로 옮겨졌다. 그곳에서 아빠는 여러 번 위기를 넘겼다. 물고문 받는 것처럼 밤새 숨이 넘어가 이러다 정말 죽겠구나 싶었단다. 하루에도 몇 명씩 죽어 나가는 중환자실. 칠십 평생 의정부라고는 와본 적도 없는 우리 아빠가 그 멀고 먼 낯선 병원에서 홀로 사투를 벌이고 있었다. 나는 신혼집과 의정부를 오가며 아빠를 돌봤다. 중환자실 환자에게 허락된 면회 시간은 단 20분. 말 한마디 내뱉는 것도 힘들어하는 아빠를 뒤로하고 혼자 집에 돌아오는 길엔 정말이지 누구라도 붙잡고 오열하고 싶은 심정이었다.

아빠는 보름 가까이 중환자실에서 생사를 오가다 겨우 상태가 호전되어 일반 병실로 옮겨졌다. 그곳에서도 숨이 차올라 매일 밤 고생했다. 나는 숨을 헐떡이는 아빠의 상태를 살피며 밤을 지새웠다. 병원 간이침대는 좁고 딱딱했다. 아빠와 손을 잡고 신부 입장 할 수 있을까, 아빠는 앞으로 어떻게 될까, 해외여행 한 번 못 가본 우리 아빠인데. 우리 아빠, 누리지 못한 것들이 너무 많은데. 벼랑 끝에 몰린 듯 무서운 밤이 지나고 나야 겨우 잠이 들었다. 이른 아침 깨보면 퀭한 얼굴의 아빠가 TV를 향해 눈을 껌뻑이고 있었다. 나는 전쟁 같은 밤이 무사히 지나갔음에 얕은 한숨을 내쉬었다.

지금까지 나는 매일 밤, 아빠가 쓰러졌다는 전활 받은 그날이 떠올라 쿵쾅대는 가슴을 애써 진정시키곤 잔다. 지금까지 나는 매일 밤, 의정부 병원에서의 밤들이 떠올라 외롭고 심란한 마음을 힘겹게 달래곤 잔다.

20대가 엄마를 이해하기 위해 분투한 10년이었다면, 남은 30대는 아빠를 이해하는 시간이 될 것 같다. 말수 없고 힘든 티 안 내는 것으로 둘째가라면 서러운 아빠가 죽을 고비를 한 번 넘기고 나니 이제야 조금 힘든 티를 낸다. 외롭다는 감정도 처음으로 마음 밖으로 꺼내놓기 시작했다. 형제들을 여럿 먼저 떠나보내고 나니 명절같이 큰 날에는 쓸쓸하다는 말도 나긋이 꺼내놓았다. 아빠는 우리 결혼식 날 사촌 언니를 보고 돌아가신 큰아버지가 떠올라 울었다고 했다. 맞다. 내가 이렇게나 생각이 많고 여러 감정이 예민하게 드는 것은 사실 아빠를 닮은 거였다.

어느 날 남편이 내게 말했다. 아빠가 무거운 것을 들고 오다 쓰러진 게 꼭 자기 탓 같다고. 먼저 전화드려 여쭤볼걸, 모시러 갈걸. 아버님 살아계실 동안 행복하게 해드리자고, 파주에 TV도 놔드리고, 좋아하시는 야구도 언제든 편히 보실 수 있게 인터넷도 설치해드리자고.

남편에게 고맙다. 남편이 없었다면 나는 와르르 무너졌을 거다. 함께 아빠의 안위를 걱정해주시는 시부모님의 존재도 그 자체만으로도 든든하다. 감사하고, 또 감사한 일이다.

아빠가 아프고 난 뒤, 내가 얼마나 행복한 일상을 누렸는지 알게 됐다. 죽고 사는 문제만큼은 도무지 우리 뜻대로 되지 않는다. 의료 기술이 있지 않냐고? 아빠는 한 달에 한 번 외래 진료 받을 때마다 의사 선생님으로부터 정말 하늘이 도와서 사신 거다, 보너스 인생이다, 시술 영상 다시 봐도 아찔하다는 이야길 듣는다. 생사의 문제는 단순히 의술만으로 가능한 일이 아니라는 거다.

반면 회사 문제든, 연인 사이 문제든, 부부 싸움이든 힘들어도 노력만 하면 해결할 수 있는 일들이다. 혹여 그 일이 내 뜻대로 되지 않는다 한들 심장이 멈추고 폐에 물이 차진 않는다. 하면, 되고, 안 되면, 인정하고 흘려보내면 그만이다.

눈을 마주치고 마음을 나눌 가족이 있다는 건 값지고도 감사한 일이다. 당연한 명제이지만, 자주 잊게 된다. 친구들이 걱정했다. 내가 결혼식 날 아빠 보자마자 오열할 것 같다고 말이다. 나도 너무나 걱정됐지만, 막상 결혼식 날이 되자 아빠를 봐도 눈물이 안 났다. 그저, 감사할 뿐. 아빠의 손을 잡고 식장을 걸어 들어갈 수 있음에, 아빠와 눈을 마주칠 수 있음에 가슴 벅차게 행복했을 뿐이다.

저도 귀한 손님이고 싶거든요?

결혼은, 내가 우리 집이 아닌 다른 집 식구가 되는 인생 최초의 경험이다. 제아무리 집에서 똑똑하고 착한 자식이라 한들 결혼하는 순간 남의 집 귀한 자식의 배우자일 뿐이다. 나는 결혼이 힘든 건 모두 이 때문이라고 단언할 수 있다. 부부 당사자들끼리의 문제야 지지고 볶으면 어떻게든 수가 생긴다. 하지만 여기에 가족이 끼어들면 골치 아파진다. 명절날 부부들이 싸우는 것도 결국 이런 이유 때문이다.

내가 우리 집 귀한 딸이 아닌, 기자님이 아닌, 며느리가 되는 일. 결혼생활 중 가장 어렵고 여전히 낯선 게 바로 이 지점이다. 결혼한 친구들에게 물어봐도 다들 비슷한 고민, 비슷한 마음들이다.

다행히도 나는 좋으신 시부모님을 만났다. 시부모님은 혹여라도 내가 부담을 느낄까, 깊고 조용히 마음 써주신다. 게다가 남편이 장손임에도 난 제사상 걱정이 없으니 복 받았지. 아버님께서 제사가 다 무슨 소용이냐며, 살아 있는 동안 서로 자주 보는 게 의미 있다며 '제사 보이콧'을 선언하셨기 때문이다(얼마 전 제사용품을 모두 내다 버리셨다).

9년 가까이 다닌 회사를 그만둔 나를 남편이 백수라 놀리자

"수정이가 오래 고생하고 그만뒀으니 곁에서 더욱 신경 써주고 마음 써줘야 한다. 부부라도 말 한마디도 조심히 해야 한다"라는 문자 메시지를 남편에게 보내신 분이 바로 우리 시어머니시다. 시아버님께서도 내가 없는 자리에서 "부부 사이에 돈 벌어오라는 이야기는 절대 해선 안 된다"라고 남편에게 신신당부하셨단다. 이 이야기를 들은 어떤 유부남 선배는 "네가 전생에 나라를 구했구나"라며 손뼉 쳤다. 감사한 일이다.

고로, 나는 시월드 걱정 없는 지구상 최고로 행복한 며느리인 줄 알았다. 하지만 첫 명절을 맞이하고 이 들뜬 꿈이 산산조각 났다.

첫 명절이었다. 식을 치르기 전부터 함께 살았으니, 정확히는 첫 명절은 아니었다. 여하튼 추석이었다. 부모님과 함께 성묘에 다녀온 뒤 친정에 도착하자마자 시댁으로 발걸음을 옮기려던 차였다. 집을 나서려는 내게 아빠가 "명절인데 이제 우리 딸내미가 집에 없네"라며 웃었다. 아빠는 외로운 마음을 애써 미소로 감췄다. 난 폭포수 같은 눈물을 쏟고 나서야 겨우 친정집을 나설 수 있었다. 결혼하고 눈물이 많아졌다.

시댁에는 시부모님과 시가 어르신들이 조촐하게 모여 계셨다. 저녁을 먹고 후식을 먹고 이야기를 나누는 동안 나는 투명인간이 된 것 같았다. 내 목소리는 허공 속에 흩날리며 사라졌다. 시동생의 여자친구 부모님 근황은 물어보셔도 우리 부모님 근황은 물어보시지 않았다. 뭔가 이상했다. 아니, 너무 속이 상했다. 당장 현관문을 열고 나가고 싶은 걸 겨우 참았다.

집에 돌아오는 길 "명절인데 이제 우리 딸내미가 집에 없네"라는 아빠의 말이 자꾸만 떠올라 화가 났다. 내가 왜 엄마 아빠랑 밥도 못 먹고 명절날 이런 미묘한 냉기를 느껴야 하나. 돌아가신 친정집 어르신들도 사무치게 그리웠다. 친척들과 북적북적 음식 한 상 차려놓고 웃고 떠들던 시절이 그리웠다.

눈치 없는 남편조차 분위기가 이상한 걸 감지했는지 떠듬떠듬 입을 열었다. 시가 어르신 중 한 분이 우리가 살림을 합치고 인사드리러 오지 않아 서운해하셨다고 말이다. 남편아, 그 이야기를 지금 꺼내면 어떡하니. 우리 실수였다. 결혼 준비와 회사 일로 바쁘더라도 인사를 드렸어야 했다. 친정 어르신들에게는 인사 못 드렸어도 신혼집에서 차로 10분 거리에 사시는 시가 어르신들께는 인사드리는 게 맞았다. 시부모님이 아무리 허

례허식을 따지지 않는 분들이라 하셔도 모든 어르신이 같은 생각이신 건 아닐 테니까.

이 일을 겪기 전까지 나는 시월드에는 시부모님만 포함된 줄 알았다. 무지몽매했지. 시월드에는 시부모님을 포함, 시가 일가친척, 팔촌까지 다 포함된 것이라는 걸 그때는 왜 몰랐을까. 그리고 그 시월드 안에서도 나름의 정치와 서열이 존재한다는 것도.

결혼하고 늘 물음표로 남는 것은 왜 시월드라는 말은 있는데 처월드라는 말은 없냐는 거다. 어째서 남편은 내가 하는 고민으로부터 자유롭냔 말이다. 사위는 철 좀 없어도 되는데 왜 며느리에겐 그런 아량이 용납되지 않는 걸까. 사위는 집안 기둥인 양 큰 목소리를 내도 되는데 왜 며느리가 그러면 드센 여자가 되고 마는 걸까. 사위는 언제고 환영받고 존중받는 백년손님인데 왜 며느리는 고운 얼굴로 인사드리러 가야 하는 존재인 걸까. 심지어 백년손님의 사전적 의미도 기가 찬다.

· 백년손님: 평생을 두고 늘 어려운 손님으로 맞이한다는 뜻으

로, '사위'를 이르는 말

—《표준국어대사전》

왜 사위만 어렵고 귀한 손님인가. 며느리도 대접받는 귀한 존재일 순 없는 걸까.

"구 씨 집안에 안경 낀 사람이 없는데 우리 아가 눈이 왜 나쁠까."

남편의 할머니, 그러니까 시어머니의 시어머니께서 하신 이 말씀을 어머님은 꽤 자주 꺼내신다. 남편은 그때마다 껄껄 웃으며 듣지만 난 어머님께서 할머니의 말씀을 떠올리시는 이유를 안다. 상처가 된 말이기 때문이다. 어머님께서는 지나가는 말 한마디에도 두고두고 상처받고 서운한 게 며느리의 마음이라 하셨다. 당신도 며느리이니 그 마음을 잘 안다고 하셨다.

현실에 주저앉아 미소만 짓는 며느리가 되고 싶진 않다. 지혜롭게 며느리의 역할을 하면서도 부당한 일에는 목소리 내고 싶다. 그러지 않으면 며느리는 서운함을 느끼는 존재로만 남을 테니까. 지나가는 말 한마디에 상처받고만 있긴 싫으니까. 냉

랭한 공기에 눈치만 보고 있긴 싫으니까. 애초에 상처 주는 말을, 따가운 눈총을 받지 않아도 될 일이니까. 며느리도 사위처럼 백년손님이 될 수 있는 일이니까.

나는 훗날 딸을 낳고, 그 아이가 결혼하게 된다면 전통적인 가부장 제도에 맞춤화된 며느리가 되지 않길 바란다. 예쁨 좀 덜 받더라도 제 목소리를 당당히 냈으면 한다. 내게 며느리가 생긴다 해도 마찬가지다. 며느리를 백년손님, 천년손님처럼 귀하고 정답게 대하고 싶다.

200611044

한 TV 광고 속 친정엄마는 딸이 결혼하고 나서도 방을 비우지 못하던데, 우리 엄마는 뒤도 돌아보지 않고 내 방을 불도저로 밀어버렸다. 지저분해서 보기만 해도 정신 사납다는 게 이유였다. 엄마는 그런 와중에도 내 책들만큼은 버리지 못했는데, "책들 당장 와서 가져가지 않으면 엄마가 알아서 싹 다 버리겠다" 선언을 하는 바람에 친정집으로 호출되었던 어느 날. 옷방 한 구석에 가득 쌓아둔 책들 사이에서 유물을 발견했다. 그것은 바로 대학 전공 서적들. UCC, 4대 매체(TV, 라디오, 신문, 잡지) 따위가 진지하게도 적힌 책들을 보니 갑자기 4년 치 대학 등록금이 아까워졌다. 내가 뭘 배운 거냐 대체. UCC라니…. User Created Contents…. 그때 유튜브를 시작했어야 했는데. 그런 와중에 책 앞면에 네임펜으로 쓴 숫자가 눈에 띄었다.

200611044

처음엔 이게 뭐지 싶었다가 다시 보니 학번이었다. 소름….

2006년 나는 보통의 스무 살이 그러하듯 이유 없이 우울했다가 이유 없이 행복했다가 이유 없이 설레고 이유 없이 허무했다. 매일 친구들과 몰려다니며 대낮부터 세 개에 9,900원짜리 안주와 함께 술을 마시거나 과실에서 짜장면을 시켜 먹거나 그것도 아니면 명동 캔모아에서 그네를 타며 식빵에 생크림을 발라 먹었다. 밤이면 네이트온에 접속해 방금까지 함께 있었던 친구들과 또 하등 영양가 없는 대화를 나누거나 음악 파일을 주고받거나 싸이월드에서 파도를 탔다. 그러다 보면 다시 이유 없이 우울해지곤 해서 새벽까지 일촌 공개 다이어리에 글을 썼다 지웠다 하다 잠들던 스무 살.

초등학교 졸업하며 친구들과 "중학교 가서도 전화해야 해"라며 울었고, 중학교 졸업하며 친구들과 "고등학교 가서도 지니 접속해야 해"라며 울었고, 고등학교 졸업하며 친구들과 "대학 가서도 MSN 자주 들어와야 해"라며 울었다. 이별의 약속은 매번 의심의 여지없이 진심이었지만, 친구는 금세 다른 친구로 잊혔다. 추억은 금세 흑역사가 됐지만, 망각의 동물답게 다시 열심히 흑역사를 제조했다.

대학교 친구들은 조금 달랐다. 같은 전공이라 하는 일들이 비슷해서 그런지 졸업 후에도 자주 봤다. 만나도 만나도 새로운 이야깃거리가 쏟아졌다. 만나면 만날수록 우정의 밀도는 진해졌다. 매일 지금 이 순간이 우정의 최절정이었다. 사는 게 퍽퍽해 자주 못 만나더라도 늘 한편엔 친구들을 위한 마음의 여유분이 남아 있었다. 친구를 만나 조잘조잘 털어놓을 수다 리스트를 엑셀에 항목별로 정리해도 될 만큼, 자주 못 만나면 못 만나는 대로 할 이야기가 많아 좋았다.

하지만 결혼과 함께 이 모든 게 과거형이 되었다. 갖가지 이유로 자주 만나기 어려워졌다.

1. 결혼한 동성일 경우: 나 없이도 행복해 보임. 행복을 멀리서 지켜보며 만날 기회를 엿보다 시간이 1년 단위로 흘러감.

2. 결혼한 이성일 경우: 연락하기 애매함.

3. 결혼해서 아이가 있는 경우: 대통령보다 더 바쁨.

4. 당장 결혼 계획 없는 미혼일 경우: 결혼 얘기만 하면 지루해할까 봐 말을 아낌.

5. 결혼 계획 있는 미혼일 경우: 결혼 환상을 깰까 봐(혹은 환상을 부추길까 봐) 말을 아낌.

뭐 말은 이렇게 하지만 만나면 좋은 게 친구다. 나는 여전히 친구들과의 대화가 즐겁고 웃기다. 남편과의 대화에서는 해소되지 않는 갈증이 친구들을 만나면 채워진다. 남편과는 죽었다 깨나도 할 수 없는 이야기들을 친구들과는 나눌 수 있다. 내 20대를 함께 한 이들과 즐기는 흑역사 소환 파티를 어찌 마다하랴. 하지만 친구들과의 대화가 '현재'를 가리키고 있으면 나는 늘 조심스럽다. 이 말이 상처가 되진 않을까, 관심 없진 않을까, 불편해하진 않을까를 속으로 엑스를 쳐가며 해도 될 이야기만 남긴다. 그러다 보면 수다 엑셀 시트에는 예전만큼 많은 이야깃거리가 남아 있지 않다. 이게 자꾸만 아쉽고, 그럴수록 친구들이 더 보고 싶다.

대학 친구들과 오갔던 장소엘 가면 함께 나눴던 시간이 떠오른다. 시절이 떠오른다. 무한한 시간 속에서 어찌할 바를 몰랐던 20대. 술내, 땀내, 눈물을 주고받던 우리의 20대. 마몽드 21호 팩트를 바르고 허옇게 뜬 얼굴로 서울 곳곳을 신나게도 돌아다녔던 나와 내 친구들. 그때처럼 티 없이 서로의 지금을 나눌 수 있는 시간이 언제고 돌아오겠지. 친구들과 꽃밭에서 찍은 사진을 메신저 프로필로 해놓은 엄마를 보면, 이 희망이 헛된 것은 아님을 예감해본다. 달리고, 걷기를 반복하다가 우리 모두 인생이 비슷한 속도가 되었을 때. 구르고 깎이고 마모되어 비슷한 모양이 되었을 때. 엄마들처럼 꽃 앞에서 해사하게 사진 찍으며 노닐 날이 오기를, 그 누구보다 간절히 바라고 있다.

엄마의 소개팅

이사 갈 집을 알아보러 동네 이곳저곳을 다녔을 때, 친정집에서는 좀 멀지만 나름 숲세권이고 가격도 적당한 빌라를 발견했다. 빌라 근처에는 지어진 지 50년이 넘은 주상복합 아파트, 유진상가가 있었다. 내부순환도로를 지날 때마다 보긴 했지만, 가까이서 본 건 처음이라 신기했다. 친정집에 놀러 갔다가 문득 유진상가가 생각나 이야길 꺼냈다. 엄마가 강아지 털을 빗겨주다 말고 소스라치게 놀랐다.

"수정 아빠, 거기 A 씨 살던 데 아니에요?!"

난 영문도 모른 채 엄마와 아빠를 번갈아 쳐다봤다.

"응, 맞지. 거기 살았지."

아빠는 잊고 싶었던 과거가 느닷없이 소환돼 난감한 표정이었다. 대체 A 씨가 누구길래. 엄마는 엄청나게 단호하면서도 약간은 살의가 깃든 표정으로 말했다.

"얘, 그 A 아저씨가 엄마 아빠 중매 서준 사람이야."

창피한 이야기이지만 나는 내가 결혼하기 전까진 엄마와 아빠가 결혼했다는 걸 크게 실감하지 못했다. 그냥 엄마는 엄마이고 아빠는 아빠니까. 두 사람은 내가 태어났을 때부터 우리 엄마, 우리 아빠였으니까. 엄마와 아빠가 사랑하고 연애해 결혼했다는 당연한 사실을 생생하게 받아들이지 못했다. 아니, 생각조차 하지 않았다. 역사전집 읽던 유년 시절 박혁거세가 알에서 태어난 것을 당연하게 여겼던 것처럼, 태초부터 알고 지내던 엄마 아빠 사이에서 어느 날 문득 내가 태어난 것인 양 지내왔다.

갑자기 소환된 소개팅 주선자 A 아저씨 덕분에 엄마 아빠의 연애사가 궁금해졌다. 어쩌다 어떤 인연으로 만나 이렇게 된 것인지…. 가끔 엄마가 "네 아빠가 하도 쫓아다녀서 불쌍해서 만났다"라고 지나가듯 말하곤 했는데 그 자초지종을 들은 적은 없다. 엄마 아빠의 소개팅 이야기는 처음이었다.

우리 엄마 지 여사는 스무 살 때 고향을 떠났다. 지긋지긋한 시골을 하루라도 빨리 벗어나고 싶다며 옷가지 몇 개만 겨우 챙겨 나왔다. 그러곤 인천의 한 공장에 취업해 특유의 씩씩한 성격과 빠릿빠릿한 일머리로 제법 인정받으며 일했던 모양이다. 먹고 싶은 것, 입고 싶은 것 아껴가며 악착같이 도시 생활을 버텨오던 엄마는 스물넷 즈음 본격적으로 연애 시장에 뛰어들었다. 가정을 일궈 안정을 찾고 싶었던 거다. 아가씨 시절 지 여사는 눈이 동그랗게 크고 얼굴이 하얀, 눈에 띄는 미모였다. 딸이라서가 아니라 내가 봐도 예뻤다. 연예인으로 치면 배우 견미리 같은 느낌? 아마 인기깨나 있었을 거다.

남편감을 찾기 위해 연애계에서 동분서주하던 지 여사는 대기업에 다니는 건실한 총각을 만났다. 사촌 오빠가 소개해준 믿을 만한 남자였다. 남자는 키도 훤칠하게 크고 옷도 잘 입고 멀끔했다. 타고난 센스도 좋고, 유머러스하고, 부모님 두 분 모두 교육자이시고, 무엇보다 이 총각은 지 여사에게 푹 빠져 지극정성이었다. 안양에 살던 남자는 지 여사를 보겠다며 매일 인천까지 출근 도장을 찍었고, 남자 쪽 부모님도 지 여사를 며느리로 삼고 싶어 야단이었다니. 지 여사 생일날 비싼 과일 케이크까지 사다 놓고 오매불망 기다렸다는 그 아저씨는 지금 어디서 무얼 하며 지내실까.

모든 것이 이 남자와 결혼하라고 등을 미는 듯했지만 이상하게도 지 여사의 마음은 동하지 않았다. 지 여사의 표현을 빌리자면 "싫진 않은데 그렇다고 대단히 좋지도 않고 민숭민숭"

했다고. 그게 뭔지 나는 잘 알지. 지 여사는 민숭민숭 아저씨의 연락에 드문드문 답을 하며 페이드 아웃 기술을 전개했다. 때마침 직장 동료, 그러니까 문제의 유진상가 아저씨가 웬 노총각을 지 여사에게 소개해줬다. 나이는 아홉 살 연상이고 대충 이리저리 일하며 지내는 사람이라고. 마음에 안 들면 더는 안 보면 그만이니 일단 데이트나 한번 해보라고.

지 여사는 차나 한번 마셔보지 무얼, 의 마음으로 소개팅에 나갔다(소개팅 불변의 법칙은 이때도 통했나 보다. 기대 안 하고 나간 자리에서 꼭 잘 된다는 법칙). 남자는 유진상가 아저씨의 설명과 달리 목소리도 중후하고 코도 높고 꽤 괜찮아 보였다. 책을 많이 읽었는지 제법 유식했다. 어라, 나쁘지 않았다. 마음에 걸리는 점이라면 번듯한 직장이 없고 아홉 살이나 많은 나이. 시골 엄마가 반대하는 목소리가 인천까지 들렸다. 지 여사의 부모님은 열두 살 차이. '결혼은 나이 많은 남자랑 하면 안 된다'라는 엄마의 잔소릴 오래도록 듣고 자란 지 여사였다(나 역시 같은 잔소릴 오래도록 듣고 자랐다. 남편과 나는 동갑내기다).

첫 데이트를 끝내고 집에 온 지 여사는 자꾸만 아홉 살 연상

노총각이 보고 싶었다. 안 보면 보고 싶고, 뒤돌아서면 궁금했다. 노총각에게 잘 보이고 싶어서 평소 콤플렉스였던 투박한 이름 대신 '지나영'이라는 당시 인기 드라마 여주인공 이름을 가명으로 쓰기도 했다. 눈치 빠른 아홉 살 연상남은 애써 이를 모른 척하며 지 여사와 알콩달콩 연애를 시작했다.

정신 차려보니 지 여사는 아홉 살 연상남 가족 모임의 정기 멤버가 되었다. 지 여사가 모임에 갈 때마다 20첩 반상이 상다리 휘어지게 나왔고, 형제들은 점잖은 먹물 유머로 지 여사를 배꼽 잡게 했다. 노총각 막내아들이 드디어 며느릿감을 데려왔으니, 무슨 일이 있어도 혼사를 성사시키기 위해 큰아버지들과 고모가 어떤 퍼포먼스를 펼치셨을지 안 봐도 비디오다. 돌아가신 친가 어르신들은 생전 흥이 많으셨다. 요리 솜씨도 좋으셨고, 입담도 스탠드업 코미디언 수준이었다.

그렇게 화기애애하고 흥 넘치는 형제들 분위기가 결정타가 되어 지 여사는 노총각과 살림을 차렸다. 행복한 순간도 있었지만, 고생스럽고 억척스러운 세월이었다. 결혼한 지 5년 만에 생긴 소중한 외동딸을 키우며 그나마 힘듦을 잊고 지내온 30여 년이었다.

어느 날엔가 아빠가 홀로 극장에서 영화 〈82년생 김지영〉을 보고 오더니 내게 말했다. 영화를 보며 여러 번 울었다고. 딸 생각이 나서 울었나 했더니 아니었다. 지영이 친정엄마로 빙의해 오열하는 장면, 지영의 남편이 아내가 이렇게 아픈 게 다 제 탓 같다며 우는 장면에서 함께 눈물을 흘렸다고 말했다. 그렇게 말하고 있는 아홉 살 연상남의 쓸쓸한 표정에서 지 여사를 향한 애틋한 사랑이 느껴졌다. 어쩌면 엄마는 아빠의 이런 반전 순정남 매력에 끌렸으려나?

엄마에게 대기업 아저씨랑 결혼 안 한 걸 후회한 적 없냐고 물었다.

"얘, 그래도 네 아빠야. 후회를 왜 하니? 그 남자 이름도 기억 안 난다? 얘는 아주 그냥 웃겨 애가."

엄마는 필요 이상의 격한 반응을 보였다. 그래도 아빠처럼 착하고 무던한 사람이 어디 있냐면서 엄마가 목에 핏대까지 세우며 말하는 통에 나는 더 물어보지 못하고 머리를 긁적였다.

엄마 말이 맞다. 아빠라서 엄마를 견뎠고, 엄마라서 아빠를 버텼다. 언젠가 내게 아이가 생겨 그 아이가 커서 엄마 아빠는 어떻게 연애했냐고 물어보면, 조용히 이 책을 건네야겠다. 아이의 반응이 어떨지 벌써 궁금하다.

아킬레스건

노희경 작가의 드라마 〈그들이 사는 세상〉에서 준영은 자신의 아킬레스건이 엄마라고 털어놓는다. 화투를 치고, 춤을 추고, 다른 남자를 만나면서도 아빠 앞에선 현모양처인 양 이중적인 모습을 보이는 엄마가 유년 시절의 확실한 아킬레스건이었다고. 한때 꿈은 엄마로부터 탈출하는 것이었고, 대학에 들어가면서 꿈이 이뤄졌다고.

내 아킬레스건도 엄마였다. 엄마는 준영의 엄마처럼 화투 치고, 춤추고, 다른 남자를 만난다거나 하는 통제 불능의 엄마는 아니다. 오히려 눈물겹게 성실하고 억척스러운 생활력으로 긴 세월을 이겨냈을 뿐. 엄마의 이러한 고됨이, 힘듦이 그 자체로 무게가 되어 때로는 죄책감으로, 때로는 부담감으로, 때로는 그리움으로 얼굴을 바꿔 다가왔다.

다섯 살, 처음으로 유치원에 갔던 날. 다른 친구 엄마들은 아이들이 첫 수업을 잘 받는지 교실 뒤에서 노심초사 지켜보고 있었다. 엄마는 나를 데려다주자마자 일터로 떠났다. 나는 엄마가 없는 걸 확인하곤 빽 하고 울었다. 결국 나는 유치원 첫날 불명예 퇴학했고, 1년간 할머니가 나를 봐주셨다. 1년 뒤 겨우 들어간 유치원에서 나는 종일반 아이였다. 친구들 대부분은 낮잠 시간 전에 엄마가 데리러 왔다. 나는 종일반 동지들과 만화 영화도 보고, 그림도 그리고, 애국가를 4절까지 노트에 빼곡히 적으며 한글 연습도 했다. 레고도 이리저리 조립하고, 나름 인생에 관한 진지한 고찰도 했던 것 같다. 종일반에서 나는 훌쩍 컸다. 엄마가 그리워도 울지 않는 마음의 굳은살이 곳곳에 배겼다.

초등학교 4학년 때의 일이다. 몇몇 아이들이 한 명씩 돌아가며 왕따를 시켰다. 뉴스에 왕따가 사회적 문제라며 연일 보도되었을 시기다. 내 차례가 되었다. 지금이나 그때나 내가 남을 싫어하는 건 못 견디게 힘들어해도, 남이 날 싫어하는 것엔 별 관심 없던 나였다. 따돌림을 주도했던 아이가 내 손에 쪽지를 하나 쥐여주곤 도망쳤다. 쪽지엔 내 머리띠가 ××게 촌스러운데 혹시 엄마가 사준 거냐며 나를 마마걸이라고 놀리는 내용이 줄줄이 적혀 있었다. 아이들이 일요일 날 팬시점 구경 가자고 했을 때, 엄마랑 있고 싶다며 거절했던 기억이 문득 스쳤다. 출근을 앞둔 일요일이면 조금은 울적해하던 엄마였기에 난 엄마 옆에서 같이 노곤노곤 낮잠도 자고 맛난 것도 해 먹고 싶었다.

내가 왕따 놀이에 시큰둥하게 대하자 재미없어졌는지 금세 다른 아이에게 바통이 넘어갔다. 얼마 전 초등학교 동창 단톡방에 초대되어 보니 나를 마마걸이라 놀렸던 친구는 아이 둘의 엄마가 되었더라. 잘 키우고 사는지 모르겠다.

세상 누구보다 강인하면서도 한편으론 마음을 보듬어줄 다정함이 필요했던 엄마였다. 외동딸인 나는 엄마의 정서적 버팀목을 자처했다. 우리 시대 아빠들이 으레 그렇듯 표현에 서툰 남편이 채워주지 못하는 허기를 딸인 내가 달래주려 애썼다. 애쓰다 보니 지칠 때도 있었고, 지치다 보면 억울할 때도 있었다. 그럴 때면 세상 딸년과 엄마의 관계는 다 이런 거 아니겠냐며 훌훌 털고 일어났다. 그때마다 위로가 된 드라마가 〈그들이 사는 세상〉이다. 노희경 작가의 또 다른 드라마 〈디어 마이 프렌즈〉에서도 나와 엄마의 모습을 겹쳐 보았다. 억척스러운 엄마와 세상 지가 제일 똑똑한 줄 아는 외동딸의 관계 말이다.

엄마를 향한 이런 내 마음을 가까운 이들에게 털어놨다가 화살이 되어 돌아온 적이 있다. 나와 엄마의 역사를 알면 얼마나 안다고들. 나를 띄엄띄엄 본 어떤 이들은 내가 엄마로부터 독립적이라며 질투하기도 했다. 오히려 그 반대인데. 그 뒤로 난 엄마를 향한 애달픈 마음을, 응어리를 그 누구에게도 털어놓지 못했다. 한편으론 엄마라는 어른은 늘 모든 면에서 완벽해야 한다는 근거 없는 생각에 사로잡혀 있었음을 고백한다. 나의 정서적 응원 없이도 홀로 버틸 줄 아는 완벽한 어른. 엄마란 모름지기 그래야 한다고 생각했다. 못난 딸이었다.

남편을 만나고 비로소 회복되었다. 남편은 나와 엄마의 정서적 애착 관계나, 엄마를 향한 나의 그리움을 비웃지 않았다. 나를 아래로 내려다보며 평가하지 않았다. 약점을 무기 삼아 강자 노릇 하지 않았다. 아니, 애초에 이를 약점으로 치부하지도 않았다. 우리 엄마가 얼마나 멋진 슈퍼 우먼이고 리더 걸이며 귀여운 여사님인지 늘 조잘대는 남편이다. 남편의 너른 텃밭에서 나는, 드디어 엄마를 느긋하게 대할 수 있게 되었다.

어느 소설에선가 엄마도 엄마가 처음이라는 구절이 나왔지. 그 단순한 진리를 결혼하고야 진정으로 획득할 수 있었다. 엄마는 완벽해야 한다는 신화가 사라지자, 30년 넘게 묵혀둔 엄마를 향한 막연한 그리움, 슬픔, 책임감, 마음의 족쇄로부터 해방될 수 있었다. 완벽한 엄마에 대한 신화가 끝난 뒤에는 역설

적이게도 엄마를 향한 존경심이 찾아왔다. 엄마는 이제 내 아킬레스건이 아닌 자랑이 되었다. 생각만 많고 유약한 내가 마음 건강한 남편을 만났기에 가능했던 일이다.

나를 감당하는 일

흔히 상대를 있는 그대로 사랑해야 한다고 한다. 나와 다름을 인정하고 바꾸려 해선 안 된다고. 그것은 진정한 사랑이 아니라고. 이 말이 내내 나를 못살게 굴었다. 난 남편의 있는 그대로를 사랑하지 못했다. 연애 기간이 길어질수록, 함께 사는 날이 늘어갈수록 자꾸만 나와 다른 점만 보였다. 자주 괴롭고 자주 심장이 뛰었다.

살면서 누군가와 이렇게 끝까지 부딪혀본 적이, 나는 없다. 부모님과도 서로의 바닥 저 끝까지 내보이진 않았다. 언쟁을 못 견디는 나는 참거나, 마음을 닫거나, 관계를 포기하는 식으로 문제를 회피해왔다. 내가 종종 지인들로부터 곁을 쉽게 주지 않는 사람이란 소릴 듣는 것은 아마도 이런 이유 때문일 거다. 나와 다른 사람 앞에선 적당히 귀를 닫고, 시야를 흐릿하게 만들고, 대충 답하며 심리적 관여도를 제로에 가깝게 떨어트렸다. 하지만 남편과는 그럴 순 없었다. 매일 살을 부대끼고 살아야 하는 남편과 그럴 수는 없는 일이었다.

정말 최선을 다해 싸웠다. 이 문제가 언제고 나를 힘들게 할 사안이라면 끝까지 남편에게 물음표를 던졌다. 싸우는 게 두려워 피하지 않고 직진으로 내달렸다. 어떤 문제는 1년 내내 싸우고 나서야 해결이 되었고, 어떤 문제는 단 몇 분 만에 서로의 오해였음이 밝혀졌다. 그렇게 해결된 사안들은 더는 다름이 아닌 '조율 가능한 일'로 분류됐다. 그건 평생을 쌓아온 가치관일 수도, 습관일 수도, 가정환경일 수도, 취향일 수도 있다. '조율 가능한 일' 리스트는 어느덧 열 손가락으로 세기 어려울 만큼 늘어났다.

희생은 결혼을 이야기할 때 자주 언급되는 키워드다. 남편과 내가 맞춰온 시간을 희생이라 말하고 싶지 않다. 희생의 사전적 정의는 '다른 사람이나 어떤 목적을 위해 자신이나 가진 것을 바치거나 포기함'. 우리는 서로를 이해했을 뿐이고, 서로를 사랑했을 뿐이다. 우리 스스로나 우리가 가진 무언가를 상대방을 위해 버리지 않았다. 희생이라는 단어는 부모님들에게 양보하고 싶다. 우리는 희생하지 않았다.

치열하게 맞춰간 날들이 쌓이다 보니 알게 된 것 한 가지. 결혼은 남편이 아닌 나를 감당하는 일이었다는 사실. 나와 다른 남편을 힘들어하는 나. 그런 나를 견디는 과정이 곧 결혼이었다. 예민하게 흐트러지고 스트레스에 뾰족해지는 나를 감당하는 일이었다. 그것이 힘들 때마다 남편과 다름 투쟁을 이어갔다. 그렇게 끝까지 소진한 감정은, 어느 순간 미련 없이 사그라들었다. 내 쪽으로 오라며 당기는 대신, 적당히 한쪽 눈을 감아주는 융통성이 생겨났다. 서로가 조금 다르더라도 요령껏 이해하는 우리만의 방식이 생겼다. 내가 품어내지 못할 차이라면, 각자의 조각을 이어 붙였다. 그러다 빈틈이 생기면, 그것 또한 우리 세계의 규칙이라고 인정하는 관대함. 이건 남편과 나라는 서로의 트랙을 끝까지 완주했기에 가능한 일이었다. 중도 포기했더라면 미해결 과제가 모래주머니처럼 매달려 우리의 발걸음을 무겁게 했을 것이다.

나조차도 감당하기 힘든 나만의 성질들이 있다. 대체로 이러한 문제들은 '조율 가능한 일'이 아닌 '변화 가능한 일'로 분류된다. 내심 변하고 싶지만 이대로 살아온 게 몇 년인데, 이게 내 모습이라며 몽니를 부리던 성격을 결혼하고 바꿀 수 있게 되었다. 나로 치면 어설픈 완벽주의(벌써 말부터가 모순적이지 않나). 뭐든 계획대로 흘러가야 직성이 풀리고 그 계획이 어긋나면 아예 손을 놓아버리는 성격을 나는 30년 넘게 고치지 못했다. 이 문제로 남편과 자주 싸웠는데, 그게 느슨한 남편의 문제가 아니라 내 되지도 않는 완벽주의 탓임을 인정하고 점차 바꾸게 되었다. 반대로 남편은 계획대로 살기. 남편은 퇴근 후 일과까지 계획을 세우고 애쓰는 나를 보며 줄곧 답답해했는데 언제부턴가 남편이 나보다 먼저 공부하고 나보다 늦게까지 뭔가에 몰두하다 잔다. 우리는 바뀐 스스로의 모습이 좋다고 말한다. 나는 힘 좀 빼니 살 만해졌고, 남편은 목표가 생기니 활력이 돈다며 만족한다.

결국 '나에 대한 이해'의 문제였다. 내가 어떤 말에 발끈하고, 어떤 상황에 나사가 풀리는지. 날 못 견디게 하는 것이 무엇인지 결혼하고 나서 확실히 알게 됐다. 내가 나를 이해하고 나니, 더는 남편에게 이해받고 싶어 안달 나지 않았다. 날 좀 이해해 달라고 아우성치는 대신 마음의 근육을 키운다. 덕분에 나를 감당하는 일이 쉬워졌다. 더는 내가 못 견디는 일 앞에 무너지지 않는다. 우리의 다름이 언제고 '조율 가능한 일', 혹은 '변화 가능한 일'로 분류될 것을 알기에. 나의 예민함이 곧 무뎌질 걸 알기에. 설사 그렇지 않더라도, 그저 우리라는 트랙을 신나게 달리면 되기에. 그렇게 무아지경 땀을 빼고 나면, 나를 감당하는 일은 한 뼘 더 쉬어질 걸 알기에.

첫 책,
마지막 페이지를 쓰며

창피한 이야기지만 글을 쓰는 동안 많이 울고 웃었습니다. 내 글에 내가 울고 웃다니. 영 꼴불견이네요. 그래도 괜히 있어 보이는 척 숨기고 싶진 않아요. 결혼으로 터득한 것 중 하나는 '나를 인정하기'이니까요.

우리만의 세계를 만들기 위해 지나온 시간. 그보다 더 아득히 깊은 부모님의 시간. 그 시간을 더듬어보며 미처 용서하지 못했던 과거와 화해했습니다. 여태 아물지 못한 상처에 빨간약을 바르고, 지금껏 인정하지 않았던 구김살을 살살 펴냈습니다. 그러고는 눅눅했던 속내에 쌓인 먼지를 털어, 볕에 바짝 말렸습니다. 그 마음을 덮은 이 밤이 더없이 안온합니다. 책의 마지막 페이지를 쓰는 지금, 더는 가슴이 답답하지 않다는 걸 느낍니다. 그늘이 사라졌음을 느낍니다.

어찌할 바 몰랐던 날들이 있었습니다. 갈팡질팡한 날들 한가운데 서서 외로워하고 있을 얼굴들을 떠올리며 글을 썼습니다.

유명 작가도, 성공 신화의 주인공도 아닌 제 이야기에 귀 기울여준 독자 여러분께 감사드려요. 부족하지만 진심으로 한 자 한 자 눌러 쓴 이 책이 인생이 막막해지는 순간, 일상이 귀찮아지는 순간, 조금이라도 위로가 되었길 바랍니다. 그리고 그런 순간마다 이따금 꺼내 읽게 되는 책이 된다면, 작가로서 그보다 더 행복한 일은 없겠죠.

소중한 추천사를 써주신 홍지영 감독님, 고아성 배우에게도 고마움을 전합니다. 두 분 모두 이 책에 작은 씨앗이 되어주셨어요. 신인 작가의 원고에 힘을 실어주신 마인드빌딩 서재필 대표님과 박우주 편집자님, 함께 책을 만들 수 있어 행복했습니다.

늘 먼저 사랑한다고 말해주는 남편과 그런 남편을 바르게 키워주신 시부모님. 책과 영화와 음악을 사랑하는 마음을 심어준 아빠, 저로서는 엄두도 못 낼 성실함으로 우리 가족을 지탱해준 엄마에게 사랑한다는 말을 전하고 싶어요. 감사합니다.

2021년 초여름 어느 날

데이트가 피곤해 결혼했더니

울고, 웃고, 소란을 떨며 한 뼘 성장한 결혼입문자의 유쾌짠내 신혼 보고서

초판 1쇄 발행 2021년 6월 21일

지은이 김수정
펴낸이 서재필
책임편집 박우주

펴낸곳 마인드빌딩
출판신고 2018년 1월 11일 제395-2018-000009호
주소 서울특별시 마포구 월드컵북로 400 (상암동) 5층 7호
전화 02)3153-1330
이메일 mindbuilders@naver.com

ISBN 979-11-90015-51-6 (03810)